虚构的光芒

张斌川 ◎ 著

九州出版社
JIUZHOUPRESS

图书在版编目（CIP）数据

虚构的光芒 / 张斌川著 . -- 北京 ：九州出版社，2023.8

ISBN 978-7-5225-2061-2

Ⅰ．①虚… Ⅱ．①张… Ⅲ．①散文集－中国－当代 Ⅳ．①I267

中国国家版本馆 CIP 数据核字（2023）第 153288 号

虚构的光芒

作　者	张斌川　著
责任编辑	李创娇
出版发行	九州出版社
地　址	北京市西城区阜外大街甲 35 号（100037）
发行电话	（010）68992190/3/5/6
网　址	www.jiuzhoupress.com
印　刷	唐山才智印刷有限公司
开　本	880 毫米×1230 毫米　32 开
印　张	7
字　数	138 千字
版　次	2024 年 1 月第 1 版
印　次	2024 年 1 月第 1 次印刷
书　号	ISBN 978-7-5225-2061-2
定　价	69.00 元

序：读书这么好的事

宋代集理学之大成者朱晦庵说："立身以立学为先，立学以读书为本。"他同时指出："为学之道，莫先于穷理；穷理之要，必在于读书；读书之法，莫贵于循序而致精；而致精之本，则又在于居敬而持志。"前一句关乎宏旨，说的是"道"；后一句指明路径，讲的是"术"。

长期从事文艺美学、西方文艺理论、当代文化批评和文化战略研究的北大教授王岳川也说："在流行读物成为坊间时尚时，已经很少有人真正思考阅读了。也正因为这样，阅读才仅仅成为每个人自我深度的测定，或者自我生命的一种个体化的方式。"

在当代法国思想家、解释学大师利科尔看来：阅读的功效在于它有能力把文本的"他在性"变成一个"为我"的话语事件。他认为：诗歌，维护了真理的理想状态！

之所以引用这些名人名言，主要是为了说明一个道理：世间万物，唯有书籍不可辜负！

很早很早以前，我并不知道，从未来的某一天开始，我将会与书籍发生如此深切而广阔的联系，并终身浸淫其中。

这还得从一九九九年说起。那一年九月，我上了大学，开始开启人生新的旅程。大学时代，在我看来，是一个暗藏杀机的年龄段。我们精力充沛，两眼闪光，拥有深刻、饱满、富有战斗力的青春。我和我身边那些熟识的朋友，在追求独立思考、自由表达的过程中，不同程度地表现出了顽任、极端、叛逆，以及脆弱与神经质。自我意识的茁壮成长，辣手摧花般剥下了长久以来外表伪装的宽适和安顺。

那时候，学界有一种观点，二〇〇〇年是二十一世纪的开端。我们眼瞅着二十世纪隐隐远去，二十一世纪一分一秒地趋向清晰，世纪末的悲剧情绪和对某种未知的猜测，越来越深刻地影响着我们。它遥远而切近，熟悉又陌生。

英国诗人塞缪尔·泰勒·柯勒律治在《致正在逝去的一年的颂歌》中写道："只见那旧的一年裙裾一闪，便弃我而去。"一眨眼，二〇〇〇年就以迅雷不及掩耳之势来到了身边，快得让人惊慌无措。

一月一日那天，我睁开惺忪的双眼，已是中午十二点多。阳光如一匹烈马，在新世纪浩瀚无垠的天空撒开腿奔跑。宿舍里空落落的，安静至极。料想室友们早已散落在校园或者这座城市的角角落落，满心欢喜地去捕捉、把握或者迷恋新世纪的曙光。睡在架子床上铺的我，没有立刻起床，两眼空茫地盯着逼仄的楼板发呆。那一天是农历乙卯年冬月二十五，恰好是我的生日。那一年，我二十出头。

早在一天前，学校就宣布放假三天，让每个人以自己各异的方式去拥抱崭新的世纪。学校同时宣布，在一九九九年十二月三十一日深夜，举行宏大的跨世纪烟火盛典。班上的一群伙伴——临时班委的一拨人，非得在三十一日晚上给我提前过生日。说是过生日，不过是一个幌子。"临时班委"是我们自己命名的。原因是通过三个多月的考察，班主任余霞老师决定所有班干部通过公开演讲竞选产生。这拨刚入大学被她指定的班干部，就地解散。给我过生日，就是临时班委解散前，在最后一次班委会上决定的。我明白，我们只是想借助聚会来释放我们不可捉摸的兴奋、激越，以及烦躁、困惑。同时，我们也希望改善由于种种屏障而产生的疏远、僵硬甚至敌对的人际关系。

那一晚，真算得上是世纪末的狂欢了。我在学校的三食堂定了饭菜，十多个人济济一桌。我收获了人生的第一个生日蛋糕、第一束鲜花、第一个吻，她轻轻地印在我的脸颊上，怀揣美好，充满希冀。韩愈说："遇酒即酩酊，君知我为谁。"在廉价的啤酒酒精的发酵下，我们赞美生活，接受生命的苍黄翻覆。

酒醉饭饱之后，我们这群杂乱无章的"酒徒"，在青墨色的夜空下，饱览绚烂至极的烟火。璀璨瑰丽的烟花，把整座城市装点得美丽婀娜。烟花映照下，距离消失，数不清的欢颜，流光溢彩，呼喊、尖叫此起彼伏。大约所有的人，都把期望和梦想撒向了幽深的苍穹。

烟消云散后，我们翻墙出了校园。整座城市都铆足了劲迎接新世纪，大街小巷，到处都是狂热的人们。他们奋不顾身地奔向了下一个千年，奔向了下一个世纪。我相信，那一刻，在这个星球上，会有无数的烟花在一个个大洲腾空而起，会有无数的喧嚣在一个个文明间连接而响，会有无数的祈望在一个个具体的人身上绽放。

新世纪第一天的凌晨四五点钟，我们回到了校园，依旧是翻墙而入。远山含黛，近水无声。新世纪的曙光尚未到来，天空有些暗淡，有些灰蒙。跨世纪的狂欢，给我们塑造了乌托邦式的社会心理，细密而险峭，有一种悲剧性陶醉。

刹那芳华终抵不过寒露入侵。此刻，躺在床上，我猛然意识到一个可骇的事实：二十一世纪了，不论我多么欢腾瓷实，都将在这个世纪里灰飞烟灭。也就在那一瞬间，我脑海里清晰地闪现出海子的诗歌《七月的大海》："在七月我总能突然回到荒凉/赶上最后一次/我戴上帽子　穿上泳装　安静地死亡/在七月我总能突然回到荒凉"。

这种突如其来的情绪，恐惧、焦灼、沮丧，甚至虚空，让我猝不及防。作家张炜如是说："人的恐惧有很多方向和维度：对空间、时间，对虚无，对无限，对末日。"当我的目光可以抚摸自己人生尽头的时候，我知道，我陷入了那片生命终将进入的荒野。它以深不可测的苍茫，逼着我去探索检视人与时间的那种生命的映射关系。

那时候，我还不知道一个叫作伊曼努尔·康德的德国哲学家，向自己和人类提出的"灵魂之问"：

我能够知道什么？

我应该做什么？

我可以期望什么？

人是什么？

这种情绪持久且具有很强的弥漫性，它本质、细腻、深不见底。那一天，我有没有起床，起床后见了什么人、做了什么事，竟犹梦一场，毫无记忆。

从那时起，巨大的煎熬、不可摆脱的折磨、难乎为继的困境，如影随形，沉沉地包裹着我。我深陷比自己预想还要深的泥潭。空前未有的危机，致使我与生活严重对峙，紧张、暴躁、危殆，同时伴随着晦暗、颓废、郁郁寡欢。无边无际的焦虑，没完没了的纠缠，不断腐蚀并伤害着我的内心。

我不知道出路在哪里？是不是谁也没有另一种生活？

这样的光景约莫持续了大半年。大学二年级，我们开设了一门课程《美学概论》。教授美学的是张芳德老师。张老师面润额阔，声音清亮，语意绵密，脸上总是挂着笑。他学识渊博，博物通达，读书破万卷，当时给了我们很多震撼。张老师师从中国社会科学院哲学研究所研究员、博士生导师叶秀山教授。叶教授专攻西方哲学，兼及美学及中西哲学会通，是关照现实、东西一合的哲学大家。

由此，我开始接触阿图尔·叔本华、弗里德里希·尼采、亨利·柏格森、维廉·詹姆士、威廉海姆·狄尔泰、奥斯瓦尔德·施本格勒、马丁·海德格尔等等现代生命哲学的代表人物的著作。同时宗白华、冯友兰、朱光潜、李泽厚、叶朗、叶秀山、高尔泰等一批国内的美学哲学大师，也进入我的阅读视野。

随着阅读的深入和思维的拓展，他们给我开辟了新的精神领域。"面对所有要把人和人类牺牲于某种绝对的企图，生命哲学通过热情地承认人的生命是有限的，而给予反击。因为只有这种有限性才会产生乌托邦的层面，而我们的思考必须不断地求得这一层面。"这种阅读的尝试，让我从更高层面上认识到自己面临的困境，它实际上是一种自我异化和失去自我主宰的危险。就如尼采所说："每一个人离自己最远。"所以，我要做的是，努力去实现德尔斐的神谕"认识自己"。

当然，由此又诞生了另一个命题"变成你自己吧"。德国哲学家恩斯特·布洛赫说："我在。但我没有我。所以我们生成着。"换句话说，正如卡尔·雅斯贝尔斯在《世界观的心理学》中所说一样："自我只是不断在形成的东西。"

大学三年级的时候，我又选修了张芳德老师的《二十世纪西方美学》，比较系统地了解了奥古斯丁、苏格拉底、柏拉图、赫拉克利特、德谟克利特、西格蒙德·弗洛伊德、阿弗烈·诺夫·怀海德、勒内·笛卡尔、马克斯·舍勒、埃德蒙德·古斯塔夫·阿尔布雷希特·胡塞尔、路德维格·克拉格斯、卡尔·荣格、沃林格、布莱兹·帕斯卡尔、克罗齐、苏珊·朗格、格奥尔格·齐美尔、汉斯-格奥尔格·伽达默尔、英伽登、索伦·克尔凯郭尔、尤尔根·哈贝马斯、马丁·布伯、路德维希·维特根斯坦、巴赫金等大师的思想。

　　大师的思想，与日月同辉。对宇宙与人类的终极追问，让我直面人生，解释世界，并始终思考个体生命终极价值的建构。这种集中阅读，让我摆脱了传统的思维习惯，为解释自我开辟了新的道路。我曾在散文《今夜，四周这么寂寞》里叙述过我的阅读历程："阅读能把界限推倒，它能够消弭人生处境与命运的恶化趋向，实现生命的自主自为。"还是作家张炜，在《文学：八个关键词》中他写道："个人生活经验之外的境界、意蕴和精神，会在阅读中不断地遇到。"那一阶段的阅读，是一次自觉的主体观照和自我寻觅，让我深入到复杂而庞芜的精神结构中，从而深透理解神秘的生命世界。

　　随着时间的推移，我发现他们始终没有离去。他们饱满的神思、辽远的气象，闪现和映照着我的生命，从而在心理深处沉淀出一种精神，让我的心灵、视野、包容力，有更大的格局和空间的可能性。

　　必须感谢这些圣哲先贤。他们以其独特的魅力和魔力，抵近我焦灼的内心，参与了我全部的精神成长过程。不仅如此，还培养了我每天阅读的习惯，而这一习惯，已经坚持了二十三年，并将持续延续下去。

从此，阅读于我，是一种习惯，更是一种宿命。

英国小说家、剧作家威廉·萨默塞特·毛姆说："养成读书习惯，也就是给自己营造一个几乎可以逃避生活中一切愁苦的庇护所。"由是，我把生活中寂寞的辰光，换成了巨大的享受时刻。

沈从文先生在《从文自传》里写道："我永远不厌倦的是'看'一切。"这里的"看"是深入探究、深刻追寻、深层发掘。我想，一个心灵长期被文学全部的美所沁入的人，其灵魂一定是能够持久保持纯澈和干净的。

于是，就有了这些文字。收录在集子里的文章，有对经典文本的解读，这是一种致敬，蕴含着由衷的敬仰和热爱；有对文学现象的阐述，这是一种探索，表达着文学蕴含的力量和勇气；有对作家作品的体悟，还有给他人作品撰写的序言，也有对写作训练的观察。这些文字，时间跨度二十余年，由于自身认知和学养的局限，各篇水平参差不齐。我尽量以文学的、哲学的、审美的眼光看世界、评作品，用全部的尊严和洞察力领悟文学之美、诗歌之美、创作之美。

自然，文学发掘也有其神秘悖反之处，正如诺贝尔文学奖获得者、法国作家安德烈·纪德在《伪币制造者》中阐明的一样："从事发掘的人，愈发掘愈深陷，愈深陷愈成盲目；因真理即是表象，神秘即是形象，而人身上最深奥的即是他的皮囊。"

美国诗人威廉·斯塔福德有首诗《信心》，对此构成遥远的呼应：

你永远不会孤单，秋天降临
你听到如此深沉的声音。黄色
拖过群山，拨动琴弦，
或是闪电后的寂静，在它说出
自己的名字之前——那时云彩将开口
道歉。你从出生起就已定准：

你永远不会孤单。雨会到来
充满水沟，一条亚马孙河，
漫长的走廊——你从未听过如此深沉的声音，
石上青苔，以及岁月。你转过头——
那就是寂静的含义：你不是孤身一人。
整个辽阔的世界一倾而下。

这大约就是文学艺术虚构出来的万丈光芒，它通向渺渺深处，沟通一个更广泛、更深刻、更开阔的未知世界。

张斌川

2023 年 3 月 3 日于苏州

目录

C O N T E N T S

第一辑
幽人空山

第二辑
泠然希音

第三辑
飞花入户

附 篇

第一辑

幽人空山

谁给夏瑜坟头送的花环

——与鲁迅先生商榷

"夏瑜坟头的花环是谁送的"这一问题，历来无人质疑。主要原因有二：一是鲁迅先生曾在《〈呐喊〉自序》里明确指出："不恤用了曲笔，在《药》的瑜儿的坟头平空添了一个花环"，是为了"听将令"给"寂寞里奔驰的猛士"呐喊助威，"使他们不惮于前驱"。所谓"平添"是指小说前文没有伏笔，觉得这个情节设计并不合理。鲁迅先生是一位严肃的大师，称自己"平添"显然是对自己作品严格剖析后得出的结论。二是从当时的习俗看，清末送花圈寄托哀思之俗尚未兴起，有悖"生活真实"。

因此，人们普遍接受了鲁迅先生的"平添"一说。否则，从某种程度上，也有拔高严重脱离群众的旧民主主义革命者的历史地位之嫌。

文学作为一种活动，一个文本意义的生成，主要是读者赋予的。仔细研读文本后，发现上述理由缺乏足够的说服力。

一、依据：文学作为一种活动

美国当代文艺学家M·H·艾布拉姆斯在《镜与灯——浪漫主义文论及其批评传统》一书中，提出了文学四要素的著名观点，他认为文学是以活动的方式而存在的。这一活动过程涉及四个环节间的关系，作品、作家、世界、读者。

因此，作为一个活动而存在的文学，把握的是这四个要素构成的整体活动及其流动过程和反馈过程。从这里，我们不难发现，作品一旦创造成功后，作品与世界（文学的反映活动），作品与作者（文学的表现活动），作品与形式（文学的创造活动），这三者及相互间的关系就处于一个相对稳定的状态。这时，第四个环节也即作品与读者（文学的再创造活动）却表现得相当活跃。

一部作品如果束之高阁，不和读者见面，那么作品文本的价值生成就无法实现。而这种艺术价值是要在艺术生产（文学创作）与艺术消费（文学接受）的传递中得以实现。所以，文学活动的过程又是从艺术生产到艺术价值生成再到艺术消费的过程。换言之，作品与读者是互渗互动的关系，作品一旦与读者发生关系，便不再是一个孤立的存在，作品的意义，也"只有在阅读的过程中产生"。所以作品的意义，实际上等于作者赋予的意义加上接受者领会并赋予的意义。

作者赋予的意义是恒定的，接受者领会并赋予的意义则可因读者而异。正如西方谚语说：一千个读者有一千个哈姆雷特。德国哲学家汉斯－格奥尔格·伽达默尔也说："凡有理解，就有不同。"

接受美学的创始人之一、德国学者姚斯说：

一部作品并不是一个自身独立，向每一个时代的每一读者均提供同样的观点的客体。它不是一尊纪念碑，形而上学地展示其超时代的本质。它更多地像一部管弦乐谱，在其演奏中不断获得读者的新的反响，使文本从词的物质形态中解放出来，成为一种当代的存在。

美国新批评派的代表人物兰赛姆也创造了一个术语——文学本体论。文学本体论认为文学活动的本性，在于文学作品而不是外在的世界或作者。

在他们看来，每一个真正的阅读者都不是被动地接受作品的观念内容，而是借助作品提供的审美意象，由联想而想象，表达或宣泄自己的情感。

从某种意义上说，一个文本意义的生成，主要是读者赋予的；同样，作为文本意义体系的有机构成的主题，也应是主要由读者赋予的。

我们对文本主题的理解不应受到某类特殊读者——文学大师

和批评大家（特别是作者）——的人为规范。

因此，对"夏瑜坟头的花环是谁送的"这一问题有必要重新进行思考。

二、商榷："生活的真实"和"艺术的真实"

诚然，"真实性"是文学的认识和审美两大价值功能产生、实现的基础和前提。所以，古往今来，东西方艺术家、文学家、文艺理论家都视"真实性"为艺术的生命。

鲁迅先生也不例外。

然而，文学创作要求的真实是主观的真实，诗艺的真实，假定的真实，内蕴的真实，是一种特殊的审美化的真实。我们知道，艺术世界作为假定性世界，应用不同于现实世界的逻辑来理解和鉴赏。

鲁迅先生作为创造者，小说一旦完成，他的使命也就相应地结束了。当他再次对作品进行说明和阅读时，就已经不再是作者，而是读者了。事实上，"读者能否真正进入艺术欣赏，能否参与作品的二度创造，最首要的是看他能否超越现实过程而进入艺术世界"，因为"艺术并不要求把它的作品当作现实"。艺术世界有自己独特的假定性条件、逻辑和结果。艺术欣赏的起点是进入这个假定性的艺术王国，而不是用现实的逻辑巡视艺术。

但鲁迅先生似乎还停留在现实的维度，对作品进行解读。

鲁迅先生曾在《漫谈"漫画"》一文中就李白的《北风行》里的诗句进行了点评："'燕山雪花大如席',是夸张,但燕山究竟有雪花,就含有一点诚实在里面,使我们立刻知道燕山原来有这么冷。如果说'广州雪花大如席',那就变成笑话了。"

显然,鲁迅先生有可能强化了"生活真实"和"艺术真实"的关系,强调了解作品所描述的世界和写作背景。在先生看来,艺术世界里发生的事情,生活世界里必须有其影子。也就是说,艺术必须描述生活中已有的事。

按鲁迅先生的观点推断一下,那些充满想象和臆想的科幻作品、浪漫主义作品,岂不全要划归"笑话"之列了。

《药》的背景是清末。从当时的习俗看,送花圈寄托哀思之俗尚未兴起。先生在夏瑜坟头添上一个花环显然有悖生活真实。先生怕不幸成为"笑话",所以在《〈呐喊〉自序》里申明了一下:"在《药》的瑜儿的坟头平空添了一个花环。"

事实上,鲁迅先生所持的观点只是模仿的世界的一种,模仿的世界还有两种:有的事和应有的事。也就是说:"诗人/艺术家的职责不在于描述已发生的事,而在于描述可能发生的事,即按照可然律或必然律可能发生的事……"艺术描写可以超越事物的本真形态,去考虑更具有普遍性的、更深层的意蕴。

清代学者叶燮在《原诗》中也就李白的这首诗进行了点评。他说夸张是"决不能有其事,实为情至之语"。诗中"燕山雪花大如席"说的是生活中绝不可能发生的事,但读者从中感到的是作者强烈真实的情感，使事虽"决不能有"，却变得真实而可以理解，并且收到比写实强烈得多的艺术效果。

由此得知，叶燮追求正是一种情感的真实。他把艺术看作是对生活世界的具有主观能动性的反映，是对社会生活的认识和感悟的产物，是一种心理机制和思维活动。在"生活真实"和"艺术真实"的关系上，叶燮先生比鲁迅先生高明得多。

就小说《药》的结构来说，瑜儿的坟头添上的花环也并不显得突兀，不合情理。因此，鲁迅先生的"平添"申明大可不必。

三、分析：谁有可能是送花环的人

鲁迅先生在小说《药》的第三节塑造了茶馆里一幅茶客众生相：

"……这小东西也真不成东西！关在牢里，还要劝牢头造反。"

"啊呀，那还了得。"坐在后排的一个二十多岁的人，很现出气愤的模样。

"你要晓得红眼睛阿义是去盘盘底细的，他却和他攀谈了。他说，这大清的天下是我们大家的。你想：这是人话么？红眼睛原知道他家里只有一个老娘，可是没有料到他竟会那么穷，榨不出一点油水，已经气破肚皮了。他还要老虎头上搔痒，便给他两个嘴巴！"

"义哥是一手好拳棒，这两下，一定够他受用了。"壁角的驼背忽然高兴起来。

"他这贱骨头打不怕，还要说可怜可怜哩。"

花白胡子的人说："打了这种东西，有什么可怜呢？"

康大叔显出看他不上的样子，冷笑着说，"你没有听清我话；看他神气，是说阿义可怜哩！"

听着的人的眼光，忽然有些板滞；话也停顿了。（着重号为本书作者所加）……

这一部分围绕夏瑜被害事件，通过个性化的语言刻画了康大叔、花白胡子、驼背和二十多岁的人的性格特点。

这里有康大叔、花白胡子、驼背、二十多岁的人以及华老栓夫妇。这六个人大致可以分成三类：康大叔为一类，华老栓、华大妈和花白胡子为第二类，驼背五少爷、二十多岁的人为第三类。

这三类人中，究竟谁有可能是送花环的人呢？

撇开康大叔与黑衣汉是否是同一人这个问题不谈，单康大叔在茶馆里的一番话，就可以看出，康大叔是个凶残、盛气凌人、极端仇视革命的人。他有自己明确的价值指向：为当时的统治阶级服务，混口饭吃。在当时统治阶级势力还占上风，一般情形下，要一个下层人民与自己手中的饭碗过不去，是不大可能的。

事实上，康大叔不可能对当时的形势做出准确的判断。因此，革命理念的渗透在康大叔意识世界里显得步履维艰。

作为茶馆老板的华老栓和华大妈，很显然，是两个完全没有被革命形式感染的人。两千多年封建思想范式业已形成的思维模式、道德模式以及他们自身的社会地位生活环境的某些特质，决定了他们不可能像其他的年轻人一样关心社会、改造社会。在他们身上，国民性弱点暴露得较多，而且在相当长一段时期内无法改变。因此，他俩成了这一群人里最难感染的人。花白胡子也遭遇到华老栓夫妇一样尴尬的境地，对现实没有明确的认识。同时，他的性格中有太多的媚骨，这样的人在社会上，注定胆小怕事，畏畏缩缩。事实上，也并不要求每个社会的人，都对当时的时代有明确的判断和解析。

那么，我们看第三类人驼背五少爷、二十多岁的人有没有可能给夏瑜坟头送花环呢？

我们先看二十多岁的人的"气愤"。他为什么会气愤呢？因为夏瑜在牢中还劝牢头造反。显然，在既定社会秩序模式里，"造反"总归是件不太光彩的事。对既定社会秩序进行破坏，不论他的目的和性质，给人的第一个感觉是"可恶"。况且这是在茶馆里的闲聊，是茶余饭后的谈资。显示"气愤"恰是人性人情的一种正常反映。如果一个人对社会上一切变故没有自己的评判标准，那才是一件可悲可叹的事情。

驼背忽然高兴起来，也是听见夏瑜在牢中挨阿义的打。显然，他这里的幸灾乐祸不是出于什么阶级立场，仅仅是因为阿义是管牢的"公家人"。鲁迅先生曾说中国两千多年的历史，一言以蔽之，曰：暂时做稳了奴隶的时代和做奴隶而不得的时代。显然，这两个时代都取决于"奴隶主"。这种深层的时代背景，形成了人们一种敬"奴隶主"的心态。所以，作为"奴隶"的驼背在那一刹那，在亲"奴隶主"（阿义）的惯性心态下，形成了一瞬刻的"高兴"的感觉。这是他内心奴性心态的显现。当然，这也从另一个侧面说明，要彻底改变国人的灵魂是一件很艰难的事情。但他毕竟只是一个瞬时的感觉，并不是没有改变的希望。请大家注意这句话："听着的人的眼光，忽然有些板滞；话也停顿了。"

这句话绝非闲笔，而是一个契机。如果说这些人在此之前还算一群精神麻木的人的话，那么，这句话，无疑是引爆他们精神危机的雷管。

人们常把"精神危机"看作一个贬义词，一说到哪里发生精神危机，似乎那里的社会和人们已经麻木腐败透顶了。诚然，与健康相比，危机是一种病态；但，与麻木相比，危机却显示了生机。一个人，一个民族精神发生危机，至少表明，这个人，这个民族还有较高的精神追求。

回到文本。听到夏瑜挨了阿义的打反而说阿义可怜后，听着的人的眼光，忽然有些板滞；话也停顿了。"板滞"就是死板，不灵活之意，这是一种"静"的境界。"停顿"是指中止或暂停，这也是一种"静"境界。先前你一言我一语的喧闹，因为康大叔的一句话"你没有听清我话；看他神气，是说阿义可怜哩"，突然变得寂静起来。显然，他们是在对康大叔的话进行思考。"为什么身陷牢笼，惨遭毒打的夏四奶奶的儿子还会说阿义可怜呢？"这是一个动态的过程。万籁俱静的时候，最适合人思考。环境的"静"，更加衬托出思想的"动"。这是一个非常重要的时刻，很多人的思想在那一刻发生了剧烈的变化。也正是由于这句话给人们产生的震撼和冲击，为后面夏瑜坟头的花环是小说情节中塑造的人物送的，提供了可能。

经过"思考"过后，鲁迅先生又继续描写了三个人的言语：

"阿义可怜——疯话，简直是发了疯了。"花白胡子恍然大悟似的说。

"发了疯了。"二十多岁的人也恍然大悟地说。

……

"疯了。"驼背五少爷点着头说。

花白胡子率先发表自己的看法，接着是二十多岁的人，最后才是驼背。注意，在述说二十多岁的人说话的时候用了一个"也"字。"也"表示"同样"，显然，二十多岁的人是承接花白胡子的话说的。这里面藏着一个巨大的隐喻。而驼背在"店里的坐客，又恢复活气，谈笑起来"这样一个较长的时间段里，仍然在思考刚才的那个问题。最后，他得出了"疯了"的结论。同样，这里面仍然有一种隐喻。因为他们都在承前面的人的话说。客观上，他们受了花白胡子的话的影响。大家都知道，夏瑜说阿义可怜，他并没有疯。二十多岁的人和驼背也知道夏瑜没有疯。那为什么他们异口同声地说夏瑜疯了呢？

中国人往往执着于求同趋向的认识，对问题有一致的看法。这是因为，我们的文化传统使我们习惯于依照传统或传统已认可的观念求取社会的和谐效应。

他们实际上是在掩饰某种东西。这里面的隐喻就是："疯了"本不是说夏瑜的，也就是说他们思考的答案根本没有告诉大家，真正的答案存在于他们的内心。他们只是承前面花白胡子的话表达了一种模棱两可的观点。

这一思考过程同时伴随着惊疑、痛苦、悔恨、愤怒的情感。这也是对自己先前的行为表现的一种反思，一种审视。也正是这种反思和审视，暗示了二十多岁的人和驼背有可能在以后的日子里倾向革命，为夏瑜的坟头送花环。

有可能就不能说是"平添"。

四、结论：别做自己的评论家

钱钟书先生说："我主张作者对自己的作品不应插嘴。"钱先生的言下之意就是，不要做自己的评论家。

作者本人在创作完自己的作品后，当然也是作品的读者之一，他完全有权利对自己的作品进行评论。我要说的是，由于作者的特殊身份，决定了他的言论有着先天的特殊的效应，我们暂且不论他评论是否客观。作者的阐释，往往会被确认为就是作品本身真正要表达的内涵。这是一个作为自己评论家的作者无法回避的事实。读者碰到作者对他自己文章的评论后，都有一种本能的避让。因为读者没有把握比作者对作品的内涵理解得更透彻。

同时，作家的名望声威越大，对读者产生的影响力就越大，越容易产生权威，产生认同感。所以，越是伟大的作家，越不要做自己的评论家，因为他的每一句话都将对阅读他作品的人施加或大或小的影响。

事实上，作品自流传开始，作品便永远从作者的思维中分娩，变成了一个社会的精神存在物，有自己独立的生命，有在不同读者眼中特有的内蕴、情感和思维。作者理应从此失去对作品内涵的垄断权。

实际情况是，虽然我们倡导阅读自由，阅读自主，读者之间可能会对某个作品有过争论，但隔岸观火的第三方，总会在"恰当"的时候站出来，以权威者或者作者的口吻对整个事件做出总结。其结果往往是，见仁见智的各方，都普遍采取了权威或作者的观点，表现出了一种极端的独裁和专横。

鲁迅先生的"一点说明"，就在读者再创造面前竖立了一堵墙，一堵无法超越的障碍。读者在这堵墙前都会自觉不自觉地绕道而行，从而使得这个问题在相当长一段时间里无人过问。

因此，在文本解读上，我们能否多一些包容，多一些自由，多一些声音；少一些权威，少一些崇拜，少一些打压。这样，整个文学活动才会真正和谐有序发展。

2004年10月完稿于苏州

举世皆浊而我独清

——解读鲁迅小说《祝福》中四婶的个体意识

社会中的每个人都是"在一定历史条件和关系中的个人，而不是思想家们所理解的'纯粹'的个人"。文学反映人的生活整体，也只有通过"生活本身的形式"（车尔尼雪夫斯基），才能得到完满的表现。因此，在艺术作品中对人物形象的分析"关键在于个别的环境"。（卡尔·马克思）

在鲁迅先生的小说《祝福》中，四婶这个人物形象是作为祥林嫂的"个别的环境"而存在的，她是祥林嫂生存世界的冰山一角。本文试图就四婶个体意识的解读，来剖析鲁镇社会深层的生存悲剧。

一、集体无意识中极少的清醒者

在鲁镇，四婶是唯一一位对祥林嫂怀有深切同情的人，在集体无意识的社会里，四婶是极少的意识个体。

奥地利著名的心理学家、精神分析学的创始人弗洛伊德认为，"人的精神生活包含两个主要部分：意识的部分和无意识的部分。""那些有意识的过程，只不过是整个精神生活的片段和局部。用通俗的话讲，整个精神生活就像是一座海岛，意识只是露出水面上的一小部分，无意识则是隐藏在水下，成为意识基础并决定其方向的绝大部分。"也就是说，无意识是人们没意识到的内驱力，这个内驱力支配着人们的行为，是人的心理结构中最真实最本质的部分。他的得意门生，瑞士著名哲学家、分析心理学的创始人荣格继承并极大拓展了他的学说，赋予无意识以极其深广的内容和意义。

在荣格看来，无意识又有两个层次，"个人无意识和集体无意识"。他指出："由于潮汐运动才露出来的水面下的陆地部分代表个体的个人无意识，所有岛最终以为基地的海床就是集体无意识。"换言之，集体无意识实际是指，有史以来沉淀于人类心灵底层的普遍共同的人类本能和经验遗传。由于它在所有人身上都是相同的，因此它组成了一种超越个体的共同的心理基础，并且普遍地存在于我们每个人身上。同时，荣格还指出，集体无意识并非来源于个体经验，也不是从后天获得的，而是先天就存在的。因此，作为"生命内驱力"的集体无意识一旦形成，便拥有巨大的无形的力量。

鲁镇正是在封建思想和封建社会秩序成为集体无意识时形成的一个冷漠、无情、愚昧，甚至是残忍的社会。以血缘关系为核心的中华民族，在两千多年封建社会的统治下，形成了一系列可怕的思想：贞节观、"三纲五常""三从四德"、封建祭祀等等。人们恪守着各种社会秩序，在封建社会的长河中踽踽前行。任何人只要有背离封建伦常的行为，都要受到众人的指摘。

当封建礼教以一种神圣的标准、合理的化身被我们所有的人接受并维护着、遵守着；以一种我们自觉奉为神圣、公理、正确的形式让我们自觉地以此吞噬、残害自己，并在这种吞噬、残害中获得一种维护正义的快意时，这种封建的社会结构便成了集体无意识的支柱。如此，我们就不难理解，为什么鲁镇的人认为寡妇祥林嫂再嫁理应受到惩戒。如此，我们也不难理解，为什么鲁四老爷不让祥林嫂沾手祭祀的活动。

当我们弄清了这一点，你就会感到在四周黑乎乎的铁屋子里，四婶个体意识的萌发具有怎样深刻的意义：社会的或革命的。

二、积极男性特质的彰显

四婶是鲁镇大户人家的太太，沾了富人的光，生活上有一种自得其乐的优越感，身为封建思想坚决捍卫者鲁四爷的妻子，她的思想受到多重歧视和压迫，宗法的，夫权的，族权的，神权的。可就是这样一再受到封建思想浸淫的四婶，鲁迅先生却赋予她男子气概的特质，包括勇气、客观性、同情心和超凡的智慧。

荣格认为，在女人的心灵深处，潜伏着一种男性的特质。他说：女人中潜意识的男性具体化——男性特质，大多以隐藏而"神圣的"确信形式出现。在男性特质发展的阶段中，女人具备了甚至比男人更能接受创新的思想。

祥林嫂初到鲁四老爷家时，"四叔皱了皱眉，四婶已经知道了他的意思，是在讨厌她是一个寡妇。但看她模样还周正，手脚都壮大，又只是顺着眼，不开一句口，很像一个安分耐劳的人，便不管四叔的皱眉，将她留下了。"这是四婶对封建夫权家族制的一次大胆反叛，不顾四叔夫权的压制，果敢地留下祥林嫂。这也是她个体意识不自觉的萌发，它不是从理性开始的，而是建立在最直接最可靠的知觉基础上的纯描述性的感觉，是以个人无意识与集体无意识的冲突形式，完成了她作为个体和生命的嬗变，这无疑是伟大的。同时，四婶的这一举动间接让祥林嫂的个体生命得到了发展，祥林嫂的变化"口角边渐渐地有了笑影，脸上也白胖了"是最好的佐证。

四婶听祥林嫂述说在河边淘米远远地看见一个男人在对岸徘徊，很像夫家的堂伯时，"很惊疑，打听底细"。一个女人对另一个女人的命运产生担心忧虑，很显然，四婶是以一种强势群体的心理思虑的。她在不经意间，透露出了其内在的男性特质表征：关爱，同时也强化了自身生命的精神态度，不再以一个冷漠的旁观者的身份出现。这同样体现在祥林嫂被抢回去后，四婶对她的挂念，"她往往自言自语地说，'她现在不知道怎么样了？'"而向卫老婆子询问祥林嫂被抢回去后的景况，更加鲜明地凸显了四婶的一种男性心理元素。

祥林嫂再到鲁镇时，已是死了第二个丈夫的女人了。就在鲁镇人们——连柳妈本与祥林嫂处于同一社会地位的人——都在嘲笑、讥讽、打趣祥林嫂的时候，四婶收留了她。"待到听完她自己的话，眼圈就有些红了。"在集体无意识对人的精神结构从最深层最真实最本质最稳固的部分进行钳制时，四婶心灵深处无意开始裂变，这比性格的质变，外部的尖锐冲突在反映人，反映社会历史时代的变化上更深刻，分量更厚重，更震撼人心。

男性特质在四婶与自我之间时时进行双向交流，从而构成了她的心理能量和动力起点。借此，四婶的生命得到了新的意义。它赋予四婶精神稳定、无形的内在支持，以补偿她外在的软弱。四婶那些勇敢的做法正是她积极男性特质的体现，也是她个体意识的彰显。

三、那是一束微弱的光芒

四婶个体意识的生成，只是一束柔柔的微弱的光芒。在群体心理（集体无意识相对的一种心理）中，特别是鲁镇这样的封建集体无意识中，表现人情常态的四婶注定是失败的。

在《祝福》中，鲁迅先生描写了三组女性群像，其中第一组就出现在文章的开头描写鲁镇各家准备"祝福"的情景里，"杀鸡、宰鹅、买猪肉，用心细细地洗；女人的臂膊在水里浸得通红，有的还戴着绞丝银镯子……拜的却只限于男人，拜完仍然是放爆竹。"寥寥几笔，就为四婶个体意识的最终消解定下了基调。

在群体中，四婶的个体习性被湮没了，相应地，她的个体意识（个人无意识中觉醒的部分）也重新回归到无意识中。这时，集体无意识再一次显示了他的力量，四婶异质的个体被淹没在同质的东西中，也即个体特质被消除，而在每个人身上都相似的潜意识基础显露出来。

祥林嫂再次到鲁四老爷家时，"手脚已没有先前一样灵活，记性也坏得多，死尸似的脸上又整日没有笑影。"这时，四婶"已颇有些不满了"。尽管四婶所表现出来的仍是现实的人情人事常态，但是，作为构成集体无意识的个体——仅仅从数量上考虑——获得了致使她屈从于各种本能的强烈感受。要是在她单独情况下，这种强烈的感受就会约束这些本能。因为群体是无名的，因而可不负责任。四婶就是在这种环境中，被压抑的潜意识中的良心、道义、责任感便渐渐地淡化。

这种淡化同时也在另一个层面上进行，那就是感染。

在群体中，每一种情感和行动都是感染的，这种感染达到一定的程度，个体极易让个体意识（利益）牺牲于集体意识（利益）。这是一种与她本性非常矛盾的态度，除了当一个人是作为群体的成员之外，她几乎是不会这样的。后来，四婶一再阻止祥林嫂参与祭祀活动，很显然是受了鲁四老爷等人的感染。"四叔暗暗地告诫四婶说，祭祀时，可用不着她沾手。"四婶的个体特征在这种感染中最终走向消解。

这种消解也是不自觉的、无意识的。四婶是在一种类似催眠状态中意识的个性完全消失的。鲁镇是受封建思想和封建礼教毒害最深的地方，而她就身处剥削意识浓厚的鲁镇上的鲁四老爷家。沉浸于一个群体中很久的个体，不是被该群体所施加的影响的结果，就是来自某些我们所不知的其他原因，导致所有情感和思想都受制于群体所确定的方向。

于是我们看到，四婶作为鲁镇群体一部分的个体的主要特征——个体意识的萌发——不再是她自己，而是成为一个不再被她的意志所指导的自我装置。用德国哲学家、剧作家席勒的话说就是："独处的人还算机灵敏锐，而在群体中他简直就是个傻瓜。"

时常有人说，四婶是妇女中剥削意识浓厚者的化身，她雇佣工人，剥削自己的同胞，歧视别的女人，说鲁迅先生描写她与祥林嫂之间是剥削与被剥削的关系。这是一种误读，曲解了鲁迅先生的意思。鲁迅先生的小说在一种"看/被看"（鲁迅先生《呐喊》《彷徨》里的两大小说情节、结构模式之一）的模式中，具有一种内向性：它是显示灵魂的深。作品里渗透着较多的鲁迅先生的生命体验。《祝福》中，作为知识分子的"我"，在祥林嫂对灵魂有无的一再追问下，招供出灵魂深处的浅薄与软弱，并终于发现自我与鲁镇传统精神的内在联系。这恰与四婶的个体意识的发展消亡吻合。"我"的最后再离去，就多少有对家乡现实所提出的生存困境的逃避的性质。而四婶却要始终浸淫其中，这是四婶更深沉的悲剧。四婶最后对祥林嫂的抱怨也道出了这种无奈和悲哀，"祥林嫂怎么这样了？"这何尝不是对自己生存悲剧的叩问。四婶最终也在无意识中融入了鲁镇这个封建礼教罗网笼罩下封闭落后的社会。这正是作者矛盾心理的表征，也是鲁镇社会生存悲剧的最终根源。

2004年6月完稿于苏州

从寂寞中穿心而过

——解读苗族作家王月圣作品的乡土情结

一

读他的书，就像夏日傍晚在榕树下听苗家汉子有一搭没一搭地摆古。

读他的书，你听得见黑暗中自己訇然的心动。

读他的书，你得准备两碗浓酽酽的红茶，随时安抚好的或坏的心情。

读他的书，你会荡气回肠；曲终掩卷，留下深沉的思考。

读他的书，你会知道，一个苗族汉子在讲述我们自己的故事。

二

一个穷山恶水的村寨，一群瘫瞎聋哑的废人，让他填补了一项空白：鄂西本土作家写本土故事的长篇小说单行本《太阳从西边出来》。

一群在近亲通婚苦海里挣扎的男女老幼，就在他的笔下脱胎换骨；一个贫穷落后的村庄，就在他的手下哗哗啦啦、轰轰隆隆换了人间。

主人公、太阳河村村长吴春月发誓："老娘就是要让太阳从西边出来，不信，你们走着瞧，走着瞧吧！狗日的太阳，老娘就不信你不听我的！"

这是沉寂了数千年的太阳河村的一声惊雷；

这是生长在莽莽大山里的土苗儿女对穷山恶水发出的挑战；

这是作者精神世界的涅槃，是他在生活的迷惘和困惑中对乡土深情的呼唤；

这是寂寞中最悸动的声音。

用企求和奋斗面对未来，这便是他面对乡土的终极姿态！

三

一九八六年完成创作，一九九九年才得以出版。《太阳从西边出来》一朝分娩，十年磨难。

他笑了，他庆幸这群瘫儿傻儿终可以重见天日了，太阳河村的人们又向文明和理智靠近了。

心潮汤汤，其锋灼灼。

我不知道，好事是否一定得多磨。但有一点可以肯定：用血和泪浸泡的笔尖，定能写出这个民族的魂来！

四

"有幸去了一回太阳河，面对太阳河的情况，惊诧、震撼、痛苦、悲哀。"这是一群还没有觉醒的人们，是一群只知道在苞谷、洋芋堆里混的山地民族。在经济转型的时期，我们的山地民族为什么不正视一下人口素质呢？作者陷入了沉思。"终于，平地一声惊雷，太阳河变了，使人为之感奋、高兴、愉悦。"

"她不知不觉地就流出了滚滚热泪，怎么止也止不住。有时候，她可以说是声泪俱下，可以说是喊出来的，哭出来的。"这是一段血淋淋的控诉，是对近亲结婚由衷的揭批，同时也蕴含着即将发生的广泛的时代变革，以及在对历史文化深刻反思中昭示出的现代文明的曙光。

"为什么我的眼里常含泪水，因为我对这土地爱得深沉……"这便是《太阳从西边出来》的根本动力。

五

假如我们有一段"太阳从西边出来"的经历，那只是个人阅历的一种丰富和充实。但如果有一部记录血与泪的书，这就意味着一代人有了自己的历史。

这是当时我国唯一一部以农村计划生育、优生优育为题材的长篇小说，是一部山乡传奇。

在对自己生活的那片土地深层观照和思考后结成的文字，谨此献给他脚下生他养他的沃土。

六

经历过"文化大革命"，当过知识青年，学过文艺辅导干部，教过书，考过古，也管理过图书；还画过画，摄过影，编过杂志和书本，蹲点搞农村社会主义教育运动，当了几天文化局艺术股副股长，县文工团代理团长，下过海，经过商。这些都不重要，重要的是他踏遍故乡的山山水水，旮旯角落，对故乡的父老，对鄂西有一种深诚的爱，这些纠合在一起，便成了他浓得化不开的乡土情结。

翻开他的书，你就能闻到春天田头堆的家粪的气息，这是一种朴实无华不带任何虚假的感情。一部部看得见故乡炊烟的作品，一遍遍深情地呼唤着他的乳名。

在失去唯一的世界中不断追求唯一的永无结果的精神归宿时，故乡成了他精神家园里唯一的脊梁。

七

这是民族文化的一种本原。对于在故乡山水哺育下成长起来的他，在创造边地民族地区的文化时，对"家园"的诠释始终极清醒而又极独特。

十年浩劫，岁月蹉跎。他没有失去自我，没有丢掉家园。他用极清醒而又极达观的笔调，写下了他梦想当作家的第一篇作品《唐喜娃拜年》。文章讲的是一对因为贫困而分手的夫妻，在日子好了以后破镜重圆的故事。唐喜娃接媳妇欢快自由的心情，不正是十年冰冻层解冻松软，山寨的生活重新恢复正常时作者内心探寻的写照吗？

当作者的精神家园与文学创作建立了本质联系后，他是那样快活："腊月二十八的早晨，砣砣雪下个不住。那灰色的房顶，黑色的田地，长满枯草的山坡，光秃秃的树枝……不一会儿，全被打扮起来。唐家村穿上了洁白的衣衫。"

简短的几句充满童真和情趣的描写景物的话语，却以别样的风格标示出了他对家、对根、对归宿的思考。

从此以后，他便选择了这七十二行中的"写儿匠"，天一篇，地一篇地写起来。短篇小说集《撒尔嗬》就是他追逐梦想的首次惊喜和收获。

八

这是一片神奇的土地，在这里，世人忌讳的死，土苗人却看得极为达观。他们用"喜"来形容"死"。

人死，是"白喜事"，得跳"撒尔嗬"。

撒尔嗬，这是土苗人的生死观，没有人能比得上他们对死的理解透悟。而他们就站在生死边界、阴阳边缘，"带着浓重的鼻音"向我们讲述《撒尔嗬》的故事。

一个土家女人的一生，却在爱的怀抱里走到了尽头。"孙，我啥时候死呢，我真想早点去哟。"

死，对我奶奶竟成一种幸福，这是怎样的一种悲哀。

"我奶奶一生中渴望看到、听到、享受到的盛大的殊荣，在她死后终于看到、听到、享受到了。"

这便是他笔下的撒尔嗬，一副灾难深重的精神铁镣。在清一色山寨汉子狂舞吆喝之后，留给人们的是辛辣而痛苦的人生况味。

如果不是他对故乡的无限热爱，如果不是他对家乡人民的无限忠诚，他的笔调是不会如此苦涩而沉重的。

九

　　我喜欢把他的小说当作散文来读。作家邓斌先生说过，"散文就是说话，就是用语言倾诉自己心中的块垒。"

　　的确这样，无论是凄凄惨惨的《哭嫁歌》，还是《心在滴血的采访》，都是作者对鄂西，对根植于这片土地上的历代土苗人民的深情观照。

　　他可以容忍残缺，却不能原谅失去希望，他所追寻的是善本身、美本身和真本身。所以《金黄的山弯》里的"李不怕"见了野猪，也"慌得丢了猎枪溜之大吉"。所以在《春天的呼唤》里，他才会向"追赶春天"的土苗儿女发出"追逐吧"的深切呼唤。也才会在《水妹子与他的"石头"丈夫》的残酷生活里，用传统的大团圆作结。才会站在"洪水翻起白花花的浪，腾起阵阵烟雾，把山中罩住，看不真切。巨大的轰隆隆声像崩山，骇人"的《长筏》上，运笔为橹。没有号子，只有放排时的惊心动魄，没有呐喊，只有连字成句的默默无闻。也才会把哭嫁歌真心体现出一种民族文化的传承，将其赋予时代的深层内涵后，作为一首"用眼泪洗礼幸福的人生旋律之歌"。

　　所以，作者如痴如醉的乡土情结，无时无刻不意蕴于他的作品中，并最终成了他文学创作中内在的深厚的感情内核。正因为如此，他的小说才大胆地采用第一人称的手法，才会用恣肆的笔调，宽广的胸怀，酣畅淋漓地去爱，去憎，才会在一次又一次的文学创作中不断地超越自我完善自我，才会对他自己及他生活的那片土地做出理性的思考。

宽恕他吧，因为他爱得太多！

十

前几年，他大胆地提过构建"鄂西文学"。但他知道，"这片神奇而古老的土地上的文学创作，还是一位没有长大的山里孩子。"

要构建鄂西的文学框架，是一段长期的需要一代代文学人努力跋涉的艰巨的历程。他唯一能做的，便是用平静的心态去努力写作，"微笑地面对诱惑人生的文学事业"；用睿智和深思，用自尊和自强面对鄂西这块肥沃的土地。

这几年，很少听他再谈"鄂西文学"了，鄂西的文学再一次"沉寂"起来。

我知道，从寂寞中穿心而过的，才是最悸动的声音。自尊和自强是静静的清江河里强劲的暗流，主宰着河流的走向。

十一

案头常摆着他的书，买来的或是借来的。遗憾的是，我是农村的孩子，我的仅装几个铜板的衣袋满足不了我精神家园的饥渴。找人借过中篇小说集《男儿女儿动情时》，但没有品——别人催得急。通俗小说《金银虎符传奇》在《恩施晚报》连载时，期期看，但还是支付不了哪怕是五毛一份的报纸，害得卖报纸的老头儿常睁大眼睛瞪着只看不买的我。散文集《乡景》里的文章以前在《恩施日报》上读过，案头仍存有一叠，隔三岔五地拿出来品品，颇得其味。其余的，如中篇小说集《饥饿的土地》在书店里见过，老板死心眼，不还价，只好作罢。

托尔斯泰说过：一旦搞了文学，就不要闹着玩，而要贡献出整个生命。

作家的生命，就在永不停息地劳作的手上。如今的他，仍然在写，只不过不是当初的"天一篇地一篇"了，而是日一行月一段地做。就像土苗山寨里那推苞谷的石磨一转一转地悠悠着——那是一种岁月的磨合。

我知道，他交给故乡的是整个生命！

2001年6月完稿于湖北恩施

半个月亮升起来

——读土家族作家邓斌的散文集《凉月》

曾经沉醉于李白营造的"峨眉山月半轮秋"的佳景里，也曾经痴迷过张继"姑苏城外寒山寺，夜半钟声到客船"的胜境。但是，当我屏住呼吸，在"月光如水，月色如烟，月影如幻"的皓月之夜，仔细读完土家族作家邓斌先生的散文集《凉月》时，心中早已按捺不住那轮逐爬逐高的凉凉的月儿。

"明明如月，明明如月呀"，这才是属于我们的那轮月亮，那轮"从山卡卡里升起"的土家人的月亮。它虽"冷冷清清"，却也"明明亮亮"。

邓斌先生如是说："凉"是一种境界，也是一种机缘。

正是如此，《凉月》总是以一轮冷峻清寂的凉月贯穿全书。作家王月圣先生说"凉月是只眼睛"，邓斌先生正是通过这只眼睛，对生于斯长于斯的贫乏而又肥沃的文化厚土进行审视的。作家以酣畅淋漓的手笔抒发胸中块垒，试图用文学（作品）来报答

（审视／反映）这片母性的土地。

所以他在《生命在这里发源》中，"面对广袤的星的世界"，向"躺在青石板上的自己"发问："我在哪里？我的星星在哪里？""孕育了我生命的母性土地啊，我能够为你做出一点什么样的报答呢？"赋予我生命的鄂西啊，我该怎样才能"换取一片奉献给母土与时代的收成"。

作家在这种审视中，一遍遍地读着鄂西人民的苦难与艰辛，勤奋与不屈；一遍遍反思母性土地生命的沉重与悲怆。作家流着泪高歌："我曾哭着走来，必将唱着走去。走来有星光熹微，走去有夕阳余晖。走来有温馨故土，托起我风风火火的人生；走去有黑纱飘曳的灵屋，驻进我坦坦荡荡的欣慰。面对母亲，面对鄂西，生生死死，我亦忠诚无悔"。（《我与鄂西》）

撇开文学受动性对外部客体世界的反映，作家邓斌更注重反映主体世界——一种沉重的对土苗人民如痴如醉的爱。这种爱支撑着他在文艺广漠上踽踽独行。作家韩石山说："倘不是大手笔，要以散文名世，几乎是不可能的，总算写出了自己的一份真情实感，只能以此自慰。散文从来就是一桩寂寞的事业。"

邓斌先生也深知那种孤寂："我人生的春天缺少诗意，长时间陷于求学无门的寂寞中。只好在茶余饭后，默默地坐着石磴，一遍遍阅读那深不可测的子母潭。"（《想起了故乡的子母潭》）"其实，我们的心是寂寞的。这种寂寞是世界难以理解的寂寞！"（《开垦寂寞》）

然而，邓斌毕竟是邓斌，他是作家，但同时又是一名教师。二十年授业解惑，二十年诵读童心，日日听歌如听潮。在清贫寂寞的校园里，他振臂高呼，用心传唱与时代脉搏与共的慷慨悲歌。而终点，"有一轮喷薄而出的朝阳。"这是个例外，在作家的视野里，"校园听歌"是唯一一轮金色的太阳。而作家自己，在《今天，我四十五岁》中，也变成了一轮"热烈而又老辣"的"午后两三点钟的太阳"。无怪乎他的"寂寞荒窗"外，"一朵一朵月月红"也"开放得分外浓艳并且芳香盈室"（《寂寞荒窗月月红》）。

　　这是二十年诵读童心的结果，这也是邓斌先生不同于其他作家的地方。

　　或许，他永远无法超越"故土"——"无论今后我们的物质生活多么美满，相对于沉甸甸的大山和血性的土地，精神上总会显得十足的浅薄与空虚！"（《小说与人生》）然而，他却努力地让灵魂自尊地面对物化的世界。

　　从这个意义上说，他仍然是精神家园的守护者。不，他更是一位创造者，因为他坚信："在这片寂寞的土地上，总能长出一些纤纤小草和开放出几朵素雅的花儿来。"（《开垦寂寞》）而漫山遍野的野花，正是作家耕云播雨，滋润出万紫千红的春色。有遍布祖国的数以千计的学生为伍，作家不再寂寞，他终于"挣脱空虚与悲哀的拥抱，潇潇洒洒无羁无绊地走向'不惑'"（《走向"不惑"》），走向超脱。

然而，他终归眷恋着生他养他的那片热土，即使是在他离开故乡，走出恩施的时候——"无论漫步乡井还是奔赴异地，一颗心总是缀连着一方峭拔磊落丰富神秘的文化厚土，总是融汇着一片清奇古朴五味调和的人文风貌。"（《梦游星汉，醒看人生》）因此，作家站在扬子江头，看大江东去，思绪翩跹。此刻，他想到了历史，想到了未来，想到了中华五千年源远文化，但作家更多的是在想土家人的悲欢离合爱憎生死，想鄂西的民谣，想清江里船工的血泪，想土家先民对生老病死的豁达。

"千百载云涛轰鸣""千百载江流激荡"，这是与鄂西一衣带水的夷陵，以长江之水为源，以共同的图腾生存，以同样的姿态崛起于祖国的中部。

"一路上，当阳，襄阳，南阳，直指洛阳。"

"一夜间，昏睡，沉思，悬想，通向希望。"

这是哲人的敏锐的洞察力和深邃的目光。不论是对古道潼关的千年浩叹，还是对骊山三位女性的凭吊，一如一长发须飘峨冠缚带的古人，临风而立，发忧国忧民之怨，感思古伤怀之叹。他的吟诵是高亢的，有欢笑，有感伤，有喜乐，有悲歌。

邓斌先生感受水乡泽国的江汉烟波，叩仰中原高塔古寺的典雅和谐，体味秦时明月汉时关的凝重，感喟春风不度玉门关的悲怆。他四处寻觅：在一片"黄沙蒸腾坚实浑厚的黄土地上"，作家停下了脚步，点燃几炷心香，在华夏民族的根前。这是怎样一种虔诚的礼拜——隔着五千年香烟缭绕的时空，他探寻土家先民的背影、历史的背影和华夏民族的背影。

实际上，邓斌先生心中，总有一方母性的土地，时时给他以滋养，感情的和艺术的。

"明月照积雪，朔风劲且哀。运往无淹物，年逝觉已催。"这位走完不惑之年正准备向知天命迈进的土家族作家仍在梦游星汉，仍立在清江潮头运笔为橹，表达自己对宇宙，对人生，对母性土地的热爱和追求。

"如痴如醉的乡土恋情，如梦如幻的岁月划痕，如鼓如号的灵魂呐喊，如泣如诉的笔墨人生"所激荡的胸中烈火，如白炽，只是苦了那卷"世情方圆""文苑风筝"。我很难在感情激越的时候平心静气地去读那些文章，于是心中便冒出些奇怪的想法，这类文章大抵是不该选的，至少不该随着这轮"凉月"升起。他大可再等些时候，等到能再出一本专集。为此，我好生埋怨了邓先生很久。

如今想来，已是二十世纪的事情。

2001年8月完稿于湖北恩施

从《赵宧光传》出发

——兼论赵宧光的世外品质

　　眼前的这本《赵宧光传》，它在一个相当长的时间里给予了
我阅读的欢愉。这是一个自然、朴素、诗意、神秘的世界。它让
我在敬佩羡慕之余，甚至涌出一股温情，一股真诚而持久的温情。

　　写法之独特，史料之翔实，细节之精致，精神发现之独特，
关怀视野之阔大，让你不得不佩服，徐卓人身上所体现的作为一
个作家的全面性：文学的、美学的、史学的、生态的、艺术的。
种种情怀在作者寻访寒山遗迹，宴坐空林时与四百余年前的晚明
高士赵宧光找到了同一的律动。现实和历史交相辉映，洞开出了
无比绚烂的精神风光。

一、"大道一如"与自然生态本原

　　赵宧光给我们营造了一个自然万物（包括人）共处于一个自

由存在的本源性世界（寒山），也即"大道一如"的天人万物共生同源的世界。所谓"大道一如"是指天人源本合一，万物源本一体的大道浑然如一的整体性存在。

我喜欢把徐卓人当作诗人。因为她天性中本就包含着江南文人热烈奔放、富有幻想的成分，加之她深爱家乡，与自然山水亲近融合，心中更容易萌生出对诗情画意的特殊敏感。她习惯于应用一切官觉，感受自然之伟力，在人生体验的同时，将传主的确立，传记情节的设置，自然景物描写和人事的调和等和谐完整地安排为一个整体。

意境是《赵宧光传》里一个鲜明而动人的艺术境界。

将诗画中的意境引入人物传记，实现诗歌与绘画的抒情性与传记叙事性的统一，是徐卓人的一种自觉创造。她注意到了意境独有的诱人审美效果。由于物境描写与主观情绪的交融，使得《赵宧光传》的意境具有独特的个性特征。

《赵宧光传》给我们塑造了一幅幅原始的、野性的、神秘的、洗练的、淳朴的寒山自然生态图。笔墨十分干净，但它却能借助读者的想象，一句话可以化为一幅完整的图画，并使人沉浸其中。这样，寒山的物境依靠徐卓人独特的构图方式，产生了一种原始、朦胧的审美特征，犹如烟雾缭绕的山岚，深藏着难以穷尽的底蕴，显示出深远、神秘的美来。

就是在这种物境中，徐卓人巧妙地糅进自己的主观情愫。她不是采取由作者直接抒情的方式，而是将这种情感深深地隐藏在传主赵宧光的身后，徐卓人的主观情感随着赵宧光的情绪走，从而达到了主观体验到的人生情绪和作品描绘的客观物象融汇交织的审美境界。赵宧光的内心情绪，同时也就是徐卓人所欲传达的人生情绪。人物的孤独，对未来人生命运的忧虑，被人误解的痛苦与希望，与作者内心深处性质相同而外延更广的人生情绪共振，从而延伸情感的表现空间。自然景物的描写与人物的命运和人生情绪相契合，仿佛在人物命运演变过程中，大自然在跟着人物走，使作品的情感蕴含更为深厚。

我们说《赵宧光传》在以写意方式勾勒的自然物境上以浸染自身个性的色调涂饰画面，以人之性情通山水之性情，以人之精神合山水之精神，并与天地之性情、精神相通相合，变自为的人为自在的人。主客二元性消失了，便完成了人与自然一体，同生共运、圆融共舞的整体性存在。

《赵宧光传》里大道一如境界的确立彰显了"人与自然的契合"的人生理想，在展示淳朴、善良、热情的寒山的同时，深化了审美主体的人，对人类生命活动和人性生成的生态实践的审美情感体验，挖掘自然在普通中所隐藏的丰富，展示了一个深刻的主题：自然界众生之道是趋向结合、合作、和谐，通过交流和合作来达到生命的和谐。

二、生命节律与文学生态意蕴

　　我曾经在花山脚下、天池岸边光秃秃的石上坐着，看着嫩黄的夕阳一跳一跳地落入山卡卡，隐没在遥远的天边。

　　我无语。在这种失语状态中，我感到了静穆，无穷的静穆，一种瞬刻即成永恒的静穆。我以为我探寻到了花山的一点什么，实际上，我一无所知。

　　文化产生的陌生感，让我和一位高士擦肩而过，这多少有些遗憾。我又看了一会儿山，山也是静的，无边的寂静。

　　我发现，无论我采取什么样的视角，都穿不透寒山厚厚的尘。这是时间赋予一座山的至高荣誉。把所有试图轻率进入一座山的人挡在了时间的门外。

　　但赵宦光进入了，徐卓人也进入了。

　　按照人本生态观的阐述：自然向人生成，是一个生成性的生态过程。"人只有遵循生态规律而不是违背它破坏它，才能够健康地生成，在生态和谐的自由中进入美的王国。"在人的生态生成中，不仅有物质和能量变换的生态关联，还存在着信息变换的关联。而在信息关联中，根源于运动本性的节律感应最为原始。这种节律感应的生命活动方式，作为生命体的一种普遍的生态调适方式，正是审美活动的生态本源所在。

心理学对生物的反映功能的研究成果表明，生命的诞生本身就意味着感应性的出现。感应性作为生物对环境的最自然的反应活动，是一切生物所固有的特性。因此当赵宧光第一次到寒山的时候就意味着对寒山的感应性的出现。

而赵宧光在发现寒山、钟情寒山、开发寒山、成就寒山的过程中，接受了不同形态和阈限的节律性信息；他亦在获得信息内容（意义）的同时，节律感应引起生命节律状态的相应变化。

寻找"谢家青山"的赵宧光第一次面对这清朗的山峦，内心便"有些激动"，从"激动"到"赞叹"，从"赞叹"到"似乎是在恍惚之间感到了天宽地阔，云高风劲"。赵宧光的心灵像山涧泉水，晶莹清澈。

随着岁月的流逝和与寒山的厮磨，加上现实环境的刺激，赵宧光构成生命生态环境的重要因素的节律形式发生了巨大的变化。从寻找而明白，而钟情，而结庐寒山，而叠山理水，而放浪形骸，而物我无尽，赵宧光也从最初的对"内圣"的追求，转向"逍遥"境界的确立。这使得他的性格进入了一个新的境界。

正是这种感情的勃发与律动，激发、调节和引导了赵宧光生命活动的节律并达到物我同一，因而富于生气。但是，赵宧光对山水的激情并没有以直觉凸显，而是以德性对理性的支配为出发点，善的追求与"道"的涵盖相互交错，赵宧光的生命存在和活动就完全内化为生命的节律感应了，并在这种感应中生成自己特殊的生命节律——天人合一、以人为本、刚健有为、贵和尚中，一反当初的激动与热情，而变得性情深蕴，超然心悟。

三十余年纵情山水，三十余年遨游寒山，"行到水穷处，坐看云起时。"乐不知疲，荡而忘返，赵宦光在对自然山水的观照冥想之中，内心的节律也达到至极的表现。"因为审美是源于这种生态性的生命本能，'节奏'才在审美中居于核心地位。"探寻发现，山是诗，水是歌。赵宦光在与寒山取得同一律动的同时，也获得了一种真正意义上的诗意栖居。青山、飞瀑、幽花、鸟虫，丰浩的意象也构成了赵宦光的文学生态意蕴。

总之，徐卓人的哲学观、文化观和审美情趣，既来自自然的养育，也得益于理性的思悟，以知性和智性之语出之。唯其来自自然而以哲思之语出之，它才能与赵宦光的生命紧紧联系在一起，才能与寒山山水紧紧联系在一起。

三、道德自律与人性生态定位

《赵宦光传》给我们展示了寒山全方位多侧面立体和谐的生命形态：奇石、美木、秀水、摩崖、寺庵、别墅、诗文、名士……"生命""爱""美"充盈其中。徐卓人力图以此统一从个体生存到社会文化建构的宏大体系，确立或发现一个抽象而永恒的"生命"本质，在晚明苏州的社会和人文环境中，展现身处混乱时代而竭力有所为作的赵宦光的人性生态定位。她着眼于用人物的精神伟大处来重塑知识分子形象，重造个体价值品德，既把人的生成看作生态运动的目的，又把人看成生态运动优化的工具。在"为了人"和"通过人"的统一中确立人在世界生态系统中的终极主体地位，由此建立了自己的人性生态系统。实际上，徐卓人要表现的正是一种人生的形式。

对于人的生命存在和生命活动来说，精神占有主导的地位，因此也是人的美的主导因素。比起物质世界来，精神世界具有更丰富、精微而活跃的节律形式，并且更直接而鲜明地表现着人的本质，显示和推动着人性的生成，因而是一个更具审美内涵的领域。人本生态学把精神美纳入人性生成的生态系统之中，这就从根本上肯定了精神美对于人的审美生成的生态意义。

寒山是赵宧光理想人生的缩影，这里不仅有他崇拜的代表着自然人性的理想人物（比如东晋高僧支遁道林、明代僧人雪浪），还有他向往的代表着自然人性的理想生活。在这些理想人物身上，闪耀着一种神性的光辉，体现着人性中原本就存在的、未被世俗风物侵蚀和扭曲的庄严、健康、美丽和虔诚。

中国文化自先秦时起，就以理论形态为士大夫知识分子准备了两条路：出与入。但无论是出世还是入世，他们都有一个共同的特点：保持个体的自我完善，即道德自律与人格独立。可见，赵宧光一开始就洞悉了当时社会，王道坍圮，国事艰难。与其失"道"而仕，不如得"道"而隐，以达到一种精神的而不是肉体的价值。因此，这位学富五车、名策上庠的高士，终生未曾谋一官一仕。

他以自然适宜为人生哲学，以清净有为生活情趣，从而使其个人的全部生命进入人天圆融契合的世界，化入无言而又自足，朴素而又逍遥的纯粹世界。

在阅读《殚精竭虑，愿做大地保护神》章节的时候，我一直在思考这样一个问题，一介文弱书生、手无缚鸡之力的赵宦光面对砍树盗石的疯狂人们，面对强悍地索要华山归属的徐举人，是用什么方法战胜他们的。力量？言辞？都不是。是人性，是人性中的善，是人性中的美。

赵宦光极其关注普通人的生存状态。他来到寒山后，将一座荒芜的山岭打造成江南名胜，一时群贤毕至，高士云集，寒山的百姓无论从物质还是精神都得到了极大的发展。这是一面无形的大旗，一面以"人性"为核心、关注人的生存和生命意义的旗帜。

但徐卓人也深知这种人性的另一种缺失。砍树盗石等，都从一个侧面颠覆了多数论者所理解的"美的人性"。徐卓人的目的是要展现一种泥沙俱下的客观实在，一种现实的自为自在的人生形式——自然。正如沈从文先生笔下美好而又杂有"沙子"的人生形式。

在人欲横流、物质主义、享乐至上似乎已成天经地义的今天，对精神的放逐和严重的"精神污染"已使人性的现状受到尖锐质疑，并引起了徐卓人对人性前进的严重关注。

一定时代的文化资源、时代精神、风俗时尚对人们精神面貌和生活追求的深刻影响，就是这种生态作用的表现。审美文化广泛而又有力地发挥着精神美的生态影响，成为人类活动和生成的十分重要的生态条件。

社会精神美不是孤立的存在，它也有其得以生成的生态环境，包括自然的和社会的环境。徐卓人在展现人的精神世界的同时，推动人的本质的真正生成。

《赵宦光传》大概是纯净的一个人物传记文本，它能让浮躁的人心慢慢沉静下来，干净起来，敞亮开来。但当你合上书本，世事纷沓而来的时候，你会突然发现，阅读《赵宦光传》的那个场景那个瞬间是那样的不真实，仿佛是一段偷来的并不属于你的时光……但是，赵宦光创造的"人—社会—自然"复合生态系统的审美的健康的自然的文学生态世界却是永恒的，他的范式为我们展现了永恒的魅力，开启了无限的希望。

2007年3月5日完稿于苏州

第二辑

冷然希音

生命的扩张

——浅探王维诗歌空灵意境中的主体价值诉求

在短小的篇幅中，创造意与境相偕，情与景相融的意境，王维无疑达到了极致。绘画、音乐给了他作诗的技巧，禅宗佛教给了他诗歌的灵魂。因此王维的诗歌有两个中心意象："空"与"静"。诗人正是从世俗生活中体会宗教情感，在"空"与"静"的审美境界中获得启悟，从而使诗人的个体生命摆脱了世俗的羁绊与困厄，完成了超越现实的建构，走向了真正的自由。

"'空'与'静'是佛教最高的审美范畴，是佛教哲学对宇宙、人生的抽象思辨。"王维诗歌中的"空"与"静"以佛教的宗教意蕴作为理念内涵，对压抑而无奈的生命作了美学和哲学的阐释，悠游于天地获得大自在，成功地回避了个体生命必然直面的外部与内心的真实困境与冲突，从而凸显了个体生命的主体价值诉求。

一、空灵境界中的生命扩张

诚如宋代大文豪苏轼在《送参寥师》诗中所言："空故纳万境。"佛教之"空"，并非一切皆无，而是在"空无"之中，包含着生命无限的可能性。所谓非色灭空，即色是空。佛教强调从有中悟空，以幻解空。即现实世界所有之表象都是幻象，其本质是空。

空幻观给王维的艺术观影响是全面的：艺术的形式，艺术的对象等都是空幻的。在相当多的诗篇中，他甚至直接以"空"字入诗：

> 空山不见人，但闻人语响。——《鹿柴》
>
> 人闲桂花落，夜静春山空。——《鸟鸣涧》
>
> 峡里谁知有人事，世中遥望空云山。——《桃源行》
>
> 山路元无雨，空翠湿人衣。——《山中》
>
> 自顾无长策，空知返旧林。——《酬张少府》
>
> 郡邑浮前浦，波澜动远空。——《汉江临泛》
>
> 独坐悲双鬓，空堂欲二更。——《秋夜独坐》
>
> 暮云空碛时驱马，秋日平原好射雕。——《出塞作》
>
> 积雨空林烟火迟，蒸藜炊黍饷东菑。——《积雨辋川庄作》
>
> 来者复为谁，空悲昔人有。——《孟城坳》

实相非相，透过纷繁复杂的表象，探索到事物空幻的特质，并在这种本质的空幻中形成生命之流，是王维诗歌的一种基调。

以《终南山》为例：

> 太乙近天都，连山到海隅。
> 白云回望合，青霭入看无。
> 分野中峰变，阴晴众壑殊。
> 欲投人处宿，隔水问樵夫。

诗之首联从终南山的高度和广度着手，"近天都""到海隅"极言终南山的磅礴气势，勾勒出了一个极为广阔的空间。在这寥廓的空间里，山势跌宕拓展，从"象"延伸到"象外"，就如一股无形的生命之流，绵延千里。

紧接着，诗之颔联、颈联作者写这广阔的空间里那似是而非瞬间变幻的风云。回首是云，前瞻是雾；乍看似有，驻足却无。通过"白云""青霭"的缥缈轻盈表现出生命气韵的生动，并以云雾之高远、洁净寄托诗人对理想境界的向往。即使日出之后云雾消散，终南山呈现出它的本来面目，那本来面目也仍然是变幻万端，捉摸不定。这就使得这山多了一份空灵，含了一份捉摸不定的深意。由此推之，在广袤的时空里，来去匆匆的过程永远没有终极的意义。如此看来，生命就是一个不断扩展的过程。

诗之尾联，有人物的活动。诗人在这里完成了无形的生命气韵向有形的生命实体的回归。这也就是清代学者王国维先生所说的"有我之境"。其实"无我"是相对的，"有我"才是绝对的。"有我"正是诗人的主体价值有意识的张扬。这种张扬是在顿悟的"空"中获得的瞬间表现。诗歌到此结束，生命重又遁入无形。

至此，诗人有限的生命向无限的生命延伸，达到了有限与无限的统一，并使得诗人的主体性在追寻永恒的本体价值存在的同时，在空灵、飘动、清静、从容恬淡的境界中，得到了充分的阐释与扩张。

二、静穆本体中的生命永恒

"静"构成了王维诗歌意境的另一个重要意念，它也是佛家的一个特定范畴。张海沙教授将"静"大致分为三层含义："第一层含义是'止'，与'动'相对，是指处于一种无动作，无声响的定止状态中。第二层含义是'息'，与'恼'相对，是指息灭尘世的热恼，解脱尘世对心灵的扰乱。第三层含义是'寂'，与人类的生死流转相对，指处于寂灭的状态。"

佛教以"寂"为真理的本体，在瞬间领悟永恒的虚空，用寂然之心去观照万物寂然的本质。由是观之，王维最后的精神归宿是透过自然界的生生不息，万象常新，而领悟到其本质的、最终的静寂。

王维有诗云：

> 人闲桂花落，夜静春山空。
> 月出惊山鸟，时鸣春涧中。

能体验得到桂花的飘落，这是怎样的一种静啊！无言的月出惊醒沉睡的山鸟，一个"惊"字，那又是怎样的一种喧！诗中，动静相谐，喧静相衬。然而禅的本质终究是指向静穆的，诗人无论怎样渲写动态声响，却始终追求着空寂的境界。

无论是桂花飘落，鸟鸣声声，都只在瞬间，瞬间之后便归于永恒的寂灭。用宗白华先生的话说："禅是动中的极静，也是静中的极动，寂而常照，照而常寂，动静不二，直探生命的本源。禅是中国人接触佛教大乘义后，认识到自己心灵的深处而灿烂的发挥到哲学与艺术的境界。静穆的观照和飞跃的生命构成艺术的两元，也是禅的心灵状态。"（《美学散步》）

清人王士禛也称王维的"《辋川绝句》，字字入禅"：

> 松风吹解带，山月照弹琴。——《酬张少府》
> 涧户寂无人，纷纷开且落。——《辛夷坞》
> 渡头馀落日，墟里上孤烟。——《辋川闲居赠裴秀才迪》
> 深林人不知，明月来相照。——《竹里馆》

雨中草色绿堪染，水上桃花红欲然。——《辋川别业》

　　王维的作品常选择大自然中最能表现宁静清旷的景物作素材，如明月、幽谷、白云、苍松、远山野水，荒村古寺、大漠孤烟等。在那些富有禅味的意象，其色彩亦以青白等冷色调为主，极为清淡。看起来一切都是动的，但它所传达出来的意味，却是永恒的静，本体的静。在这里，动是静，实却虚，色即空。

　　在禅宗看来，本质上，也无所谓动静、虚实、色空，其静穆的本体本身又是超越它们的。在本体中，它们都合而为一，构成了一个不可分割的整体。在动中体验极静，在实景中获得虚境，在纷繁的表象中获得本体，在瞬刻的直感领域中获得生命的永恒。

　　自然界花开花落，鸟鸣深涧，雨绿月明，然而就在这对自然的片刻的顿悟中，你却感到了那不朽的生命存在，获得一种彻底的解脱。这也就是青原惟信禅师在悟道时说的，禅宗论悟过程的第三个"依前见山只是山，见水只是水"的阶段。从人事转向自然，获得一层解脱；从自然转向空寂，又是更高一层的解脱。

　　那不朽的生命，那永恒的价值诉求，似乎就在这自然风景之中，然而似乎又在这自然风景之外。用哲学家李泽厚的话说就是："它既凝冻在这变动不居的外在景象中，又超越了这外在景象，而成为某种奇妙感受、某种愉悦心情、某种人生境界。"

三、冲淡趣味中的生命勃发

禅悟是非理智的直觉体验，没有情绪的冲动，追求一种绝不激动平静淡泊的心境。在这非理智的直觉体验中，将人生的各种悲欢离合七情六欲引向空无的永恒，化为心灵深处的对物欲情感的淡泊。因此，"空"和"静"的静默观照，必然带来真正的审美趣味的平淡化，形成特别冲淡的韵味，并在这种冲淡的纯审美的情趣中显现出了人的主体性。

有人说："在某种高峰体验中，人与世界相同一而无特定的情感。"王维诗歌所追求的正是这种无特定情感的最高体验，在这种体验中却又暗含了诗人积极的主体价值诉求。

以《终南别业》为例：

> 中岁颇好道，晚家南山陲。
>
> 兴来每独往，胜事空自知。
>
> 行到水穷处，坐看云起时。
>
> 偶然值林叟，谈笑无还期。

这是描绘诗境的诗，也是描绘人生的诗，更是充满禅机妙悟的诗。这是审美意境，同时也是人生境界，更是一曲心灵妙悟。写景，述情，皆似信手拈来，毫不着力，可谓平淡自然之至。它所展现的正是温和淡雅、清新自然的诗风。

"遇之匪深，即之愈希，脱有形似，握手已违。"（司空图《二十四诗品·冲淡》），在无心无念之中，似乎接近了佛性的神秘本质。若要真正去把握领会它时，却反而不见踪迹。"握手已违"，它不可以句法寻绎，不可以理性判断，握住它即是失去它，看得见摸不着。这就是王维诗歌的冲淡美：极淡的情感，极平和的心境，极自然的思虑。

然而这种"淡"，并非淡而无味，而是淡而浓，淡而远。这是艺术纯熟的表现，是千锤百炼的结果。诗的形象近在眼前，真实可感，而不流于浮光掠影；诗歌意境全在言外，余味无穷，而不至于意尽句中。

"行到水穷处，坐看云起时"句，在冲淡的趣味中妙悟"胜事"；在无拘无束中胸纳万境，有形的"象"与无形的"象外"相融合一，标示着人与自然的同一，更是一种强烈的"自我生命"的表白。

苏轼说："大凡为文，当使气象峥嵘，五色绚烂；渐老渐熟，乃造平淡。"（周紫芝《竹坡诗话》引）。这里的"淡"，即是无味，却又极其有味，所谓"无味之味，是为至味"。就在这极平淡的描述中，带有一种哲理性的人生感、历史感和宇宙感，让人体会到生命的勃勃生机。

苏轼说王维的诗是"诗中有画"，王维的画是"画中有诗"。前者正是有形生命幻化为无形生命的过程，这一过程中，心入于境，心灵与自然合为一体，个体生命在自然中得到了停歇，心似乎消失了，只有大自然的纷烂美丽，景色如画。后者则是生命之流的延宕超越，也就是"超然心悟""象外之象"，纷繁流走的自然景色，展示的却是永恒不朽的生命本体存在。

诗人就是在那充满着情感又似乎没有任何情感的本体的诗中，完成了主体价值的诉求和个体生命的扩张。

2006年1月完稿于苏州

永恒的艺术生命

——浅析舒兰诗歌《乡色酒》间接体道的有我之境

这是一杯古色古香的名副其实的"乡色酒"。

三十年前

你从柳树梢头望我

我正年少

你圆

我也圆

三十年后

我从椰树梢头望你

你是一杯乡色酒

你满

乡愁也满

——（台湾）舒兰《乡色酒》

诗人以淡淡的诗景，淡淡的酒香，淡淡的月色，描绘出了浓浓的诗情，浓浓的乡思，浓浓的乡愁。用传统的审美形式表现出民族的当代情思，《乡色酒》达到了较为完美的情景交融（即内容和形式的统一）。它撇开现代派诗艺的洋腔洋调，采用中国传统诗艺的格式，诗句的行列布局对称均匀，简明精纯；它既是宋词小令的发扬光大，又类似于《卜算子》《菩萨蛮》的格式，韵律和谐，朗朗上口。

而他所表现的间接体道的有我之境，则是此诗内在的亮点。由此，使它成为"寻根"这一不可阻挡的潮流的诗歌中十分出色的一首。

王新勇教授在《空山灵语——境与中国文学》一书中认为："'境'是文学创作主体的人的积极定位，'境'中包含创作主体人生价值，人生理想的选择。"诗人思念故乡，梦想团聚，盼望统一的愿望，也正是海峡两岸炎黄子孙和龙的传人的普遍情结和热切要求。诗人所展示的人生境界的追求与社会发展进步相一致，故诗歌所创造的"境"在对诗人积极定位的同时，也表现出了永恒的艺术魅力。

清代学者王国维在《人间词话》中指出："有我之境，以我观物，故物皆著我之色彩。"此诗所描之景，与诗人的亲身经历、切身感受息息相关。

"三十年前"，"我正年少"无知，没有"独在异乡为异客"的苦痛，哪有"每逢佳节倍思亲"的眷恋之情。皓月当空，皎洁无垠。"你从柳树梢头望我"，不是"我"望"月"，而是"月"望"我"。一副对故乡持无所谓的模样，见惯不惊，自以为生来就当如此，颇有"少年不识愁滋味"的放荡不羁。正因为"我正年少"，而无"乡愁"，故无牵无挂，无忧无虑；父母天天可见，兄妹日日相处。这时，"你圆，我也圆"。所写景物皆以诗人的主观感情为根基。

"三十年后"，从祖国大陆漂泊到台湾，转眼三十载，"如今识尽愁滋味"了，思念故乡成了必然。"我从椰树梢头望你"，"我"成了诗歌的主体。"月是故乡明"，故乡的明月呀，你是一杯"乡色酒"，一杯可望而不可即的"乡色酒"呀，纵使"家书抵万金"，也到达不了父母兄妹的手中。此时"你满，乡愁也满"。"情借景而张目，景因情而妩媚"，诗歌实现了情与景的完美结合。

同时，诗人创造了诡奇的诗歌审美形式"象"。无论是故乡处处可见的"柳树"，还是宝岛台湾的"椰树"，或是高悬苍穹的"明月"，都是有限的"象"。诗人并不局限于此，而是突破有限的"象"的局限，用一种超验的神秘直觉，延伸到无限的"象外"。在台湾，"留别树"不见了，只有"椰树"（这是台湾亚热带季候的象征植物）还日日相见。以小见大，以少胜多，以"树"见"月"，既有"形而下的具象美"，又有"形而上的象外玄思"。而眼前的"月"，既是"有限"的"象"，又是

"无限"的"象外",是有限无限的统一。

这样,《乡色酒》所创造的"有我之境"的境,不仅达到了景与情的相融,而且沟通了"象""象外",对"境"进行了深层次的观照,进入了体"道"的过程。诗人采用"割裂手法"进行"道"的体验。台湾与祖国大陆的不统一,是最可悲的民族"割裂"。因此,诗人笔下的月亮也"割裂"了。"圆者,满也。"月之圆满本是一致,每逢农历十五,有圆必满。你看见过月亮只圆不满,或者只满不圆吗?没有。但诗人却这样把"圆""满"相分了。

"你圆,我也圆",这"圆"是"三十年前"的大陆故乡,"圆"得可爱,"圆"得单纯,"圆"得无隙无缝,"圆"而转之,循环往复,无始无终。而生活却不是这样一"圆"不变。中华人民共和国的成立庄严宣告一个新纪元的到来,神州大地一片灯火辉煌。从祖国大陆到台湾,"三十年后","你满,乡愁也满",诗人感到月"满"(而不说"圆")了。"圆"月在祖国大陆,"满"月在台湾。诗人在这里体味到了"道":要使民族"圆满",骨肉相聚,同胞团圆,祖国大陆和台湾非得统一。诗却到此结尾,"色尽而味不尽","言有尽而意无穷"。每个人在品味诗尾久久不散的"酒"香时,亦体味到了"祖国统一,国富民强"的强国之"道"。

"一切景语皆情语",无论是"缘情布景的人生体验",还是"因景节情的中和之美",《乡色酒》所创造的"境"与

"象""象外"沟通，使境具有"道"的内涵，因而达到了"天人合一"的"有我之境"，形成了该诗永恒的艺术生命。

2002年10月完稿于湖北恩施

古朴苍凉的鄂西风情画廊

——苗族作家杨秀武诗集《清江寻梦》札记

一

历史上，一切企图解读一个地方文明的著作，总是从那里的河流开始的。

我庆幸，鄂西南有一条清江。

二

清江与巴楚文化最早相遇，是在《后汉书》里。《后汉书·巴郡南郡蛮传》记载："巴郡南郡蛮，本有五姓：巴氏、樊氏、瞫氏、相氏、郑氏，皆出于武落钟离山。……因共立之，是为廪君。乃乘土船从夷水至盐阳。"这里的武落钟离山在今宜昌长阳境内；廪君，即以白虎为图腾的巴人首领；夷水，即清江。

清江是土家苗人先民的母亲河。

从此以后，清江流域，一代代巴氏子孙，将勤劳、勇敢、质朴、敦厚的性格融刻进了绚烂的巴楚文化，因此形成了土苗儿女特有的民族精神和玄而又玄的清江风情。

苗族诗人杨秀武就站在清江之巅，叩问历史，解读风情，且歌且舞。他给我的初始印象就是孔夫子在水边手舞之、足蹈之，呼曰"水哉！水哉！"的样子。

三

清江流域的诗人喜欢浪漫主义的夸张和现代人的思维意象。我常把诗歌比作瀑布，散文犹如深潭，散文固然要厚重的文化积淀，但诗歌更需激情，更有气势，即使只是一个片段，也照样会喷薄而出。

长阳土家族诗人刘小平在《鄂西是一种落差》中写道：

突兀的前额上横贯水渠的皱纹

鄂西是一种美妙的落差

三千丈的白发　飞扬鄂西的气势

磁性的山峦秀丽挺拔

落差产生瀑布，瀑布产生诗歌。杨秀武正是站在鄂西的落差上寻找生命的要义，也许是对万物有灵和天人合一的笃诚信奉，诗人找到了。他与清江，与鄂西，建立了一种深沉的内在的情感共谋。所以他放声歌唱：

> 我站在时间的通道上
> 听土家山寨织锦的声音
> 与西兰对话时
> 虽是可望而不可及
> 但让我刻骨铭心地感受
> 惟有我才能体会出幸福的美满
>
> 　　　　　　——《西兰卡普》

　　所以诗人在清江的狂浪里感受生命的激情，体验生命的野性：

> 阴森的峡谷里　一种叫声
> 与浪共舞
> 在闷雷的滚动中消失
> 消失是寻找或者是忘却
> 有雪花在模糊的记忆里
> 痛楚地感悟坚韧的生命
>
> 　　　　　　——《清江闯滩》

这情形，总让我想起诗人徐志摩的《再别康桥》：

> 寻梦？撑一支长篙
>
> 向青草更青处漫溯
>
> 满载一船星辉
>
> 在星辉斑斓里放歌

只是，杨秀武多了份豪放，多了份粗犷，多了份山地民族的雄壮。

四

新边塞诗代表之一的周涛，在其最具心灵价值的散文《博尔塔拉冬天的惶惑》里这样写道："诗人是现实坦荡平滑的肚皮上的肚脐眼儿，它是连接母体的唯一痕迹，是历史镶嵌在现实上的一个不透风的装饰性窗口。"

理性的眼光透过现实这个窗口，对鄂西清江这片母性的土地进行深层观照，杨秀武始终以民族的眼睛去观察审视。所以，一棵水杉树，诗人也能挖掘出诗质和民族特质。

> 我走出鄂西　终于知道
>
> 我屋后那株挺拔的季节

原是小平说的那棵树

一尊水杉活化石

在又一代伟人的手中

捏成春天的故事

郁郁葱葱地不断拓展诗美

在炎炎大地上的地平线

蕴含着宇宙的一片生机

和诗人的极致

——《水杉活化石》

　　诗人从大自然中获取了异常蓬勃的生命灵感，而这灵感又鼓舞生命力炽热向上，带着自己的灵魂和爱情，带着自己的生命欲望，向大自然纵情地浸淫和扩张，最终达到了"诗人的极致"。

　　同时，诗人把目光投向人时，常常掠过人与人之间或许有些灰暗且平淡的缠绕，而是把全部的心思和兴趣放在人与自然、人与宇宙关系的最质朴的顿悟上：

大自然的灵感

洞穿岁月的隧道

栽倒在秋天的清江里

收获的盛典

拉长了悠悠的清江号子

——《秋天的清江》

又如《一杯茶喝进清江》：

> 我又呷一口茶
>
> 然后很准确地回到清江
>
> 那棵葱郁的茶树上

有一种渗透民族精神的诗歌，必定是将诗人自己的血肉归还给民族的河流和土地。诗人杨秀武秉承了这一传统，将自己融入了民族的每一寸土地，每一条河流。

他在《啊，鄂西》里高唱：

> 只有黑土地只有黄苞谷养育我的鄂西
>
> 只有忠诚只有坦荡只有正直养育我的鄂西
>
> 所以我的肌肉隆起鄂西大山巍峨的憧憬
>
> 所以我的血管流着清江奔腾不枯的鄂西
>
> 啊，鄂西！啊，鄂西！！

他在《清江》里放歌：

> 一条血管
>
> 在肌体内呼啸 奔腾

被岁月熔铸成

一个民族的母亲之河

五

鄂西人面对死亡是狂欢的

没有眼泪没有悲伤

只有跳丧舞把山踏响

——《鄂西人》

这就是"悲中见喜"的丧葬习俗。老人去世后，不是悲伤啼哭，而是载歌载舞，跳"撒尔嗬"。

《夔府图经》载：巴人尚武，击鼓踏歌以兴哀。父母初丧，"击鼓以道哀，其歌必号，其众必跳"。

《长阳县志》丧葬篇也写道：临葬夜，诸客群挤丧次，擂大鼓唱曲，或一唱众和，或问答古今，皆稗官演义语，谓之"打丧鼓"，唱"丧歌"。

"谁家开路流新鬼，一夜丧鼓到天明。"

这就是豁达向上的土苗人们！

这就是神奇幻化的山地民族！

这就是敦厚玄妙的巴楚文化！

诗人传承了这种血统，在几千年不断追求造化生息的岁月里，将土苗人民勤劳、勇敢、乐观的精神擂在鼓点上：

咚咚喹　咚咚喹

脚步的声韵从鼓点里

蔓延到十指触动的阳光

点燃了一堆篝火

——《跳摆手舞》

"红灯万点人千叠，一片缠绵摆手歌。"清朝雍正年《永顺府志·杂志》记载："每岁正月初三至十五日，土民齐集，披五花被，锦帕裹头，击鼓鸣铳，舞蹈唱歌。舞时男女相携，翩跹进退，谓之摆手。往往通宵达旦，不知疲也。"

诗人根植于民族文化的土壤，与鄂西进行心灵独语式的对话。把对血性母土的思考同构于创作主体的人类的价值关怀中，指示着同一生命内部灵魂的自我剖析与自我抗争。

再现历史的肢体语言

展示民族的沉浮

生命的执着

将苗家的命运延伸成

拼搏的律动

我在那群羊的心之回音壁上

听自己民族的隆隆回声

——《围鼓》

巴女舞蹲蹲!

六

鄂西是情歌的梦!

清江是情歌的船!

翻山越岭到鄂西,就翻进了情歌的门槛。

逐波踏浪到清江,就投入了情歌的海洋。

《文选·宋玉对楚怀王问》记载:"客有歌于郢中者,其始曰《下里》《巴人》,国中属而和者数千人。其为《阳阿》《薤露》,国中属而和者数百人。其为《阳春》《白雪》,国中属而和者不过数十人。引商刻羽,杂以流徵,国中属而和者不过数人而已。是其曲弥高,其和弥寡。"

这是一个好歌的民族。这里,歌声比语言更容易交流,更容易接受,更容易表达。而"以歌为媒"的原始自由婚姻孕育出的五句子情歌,无疑站在鄂西情歌的巅峰。

毕生的选择是一种声音

这声音把许多的木叶情歌

吹奏成对对燃烧的红烛

火红火红的泪水如春雨

在这种声音里滴落

肥沃了一块块土地

——《唢呐》

蛮歌声坎坎！

一把把红纸伞撑开了

妹娃子要过河了

——《龙船调》

那两片木叶像两条小溪

从心里淌出的甘醇

缓缓地流入滴翠的蜜月

——《情歌》

　　诗人就是沿着清江流域的爱情，走进了土苗妹子润润的心灵。

山妹子

被铜唢呐八孔悠悠的音符

吹得两眼变成滚烫的雨季

沿着那条山路远去

大胆地走进两盅交杯酒

——《清江流域流行爱情》

"没有阻隔，清澈透明更见其真；没有顾虑，张扬明快更见
其露；没有势利，情浓意重更见其纯；没有压抑，热烈乐观更见
其欢。"也正是这一时期土苗人们个性的高度张扬与舒展，蕴藏
了"改土归流"后土苗儿女在封建礼教压迫下更加强烈的怨恨与
反抗。清乾隆《长阳县志》记述："其嫁女上头之日，择女八九
人，与女共十人为一席。是日父母、兄嫂、诸姑及九女执衣牵
手，依次而歌，女亦依次酬之……歌为曼声，甚哀，泪随声下。"

这就是"喜中见悲"的哭嫁歌。诗人在《新嫁娘》里写道：

母亲在厢房里望着清江

真真假假地哭

新嫁娘在哥哥的背脊上

开始真真假假地伤心

在《水妹子》里，诗人写道：

在被炭火烘暖的季节里

一片哭声在唢呐里吹

母亲的悲恸在唢呐里吹

哭嫁歌把唢呐捉弄得摇摇晃晃

水妹子款款走出吊脚楼

头也不回地向山那边走去

我折服了，折服于诗人营造的古朴苍凉的鄂西风情画廊里。俄国作家果戈理说："真正的民族性不在于描写农妇穿的无袖长衣，而在于具有民族的精神。"越是民族的，越是世界的。在审视讴歌自己的民族时，杨秀武不局限于生于斯长于斯的土地，而是以全民族的眼睛，将文字的触角伸向更加广袤的天地。他在《四道茶》里吟哦：

哦，土家的四道茶

撑起山地民族的

日 月 星 辰

无怪乎《吊脚楼》里的"鼎罐"也"在火塘里煮沸古今中外"。

从这个意义上说，杨秀武的诗集《清江寻梦》显然超出了文本的意义。

七

艺术最重要的是为艺术本身增添了什么。从形式和内容水乳交融、相得益彰的层次说，形式即内容。正如歌唱的目的是把自己的声音和一切已有的声音区别开来。从某种意义上说，大师与大师的区别，也是形式的区别，比如莫奈，比如凡·高，比如卡夫卡，比如普鲁斯特。时代与时代的区别也是形式的区别，比如汉赋，比如唐诗，比如宋词，比如元曲。

诗人杨秀武善于用大跨度、高密度的重叠意象，构建厚重的诗质底蕴，读来排山倒海，雷霆万钧。

《啊，鄂西》便是代表：

> 凭着你袒露胸膛浩浩荡荡的清江之水
> 灌注我新鲜的活力灌注我滚烫的血液
> 凭着你刚刚走出原始走出白描的山之群峰
> 赋予我拼搏的力量赋予我攀登的勇气

又如《从中国版图北端走来的人》：

> 只有远山能说明他们的深邃
> 只有烈火能说明他们的炽热

只有太阳能说明他们的慷慨

只有大海能说明他们的胸怀

这就是清江，野性的清江！

这就是鄂西，粗犷的鄂西！

这就是诗情，传承屈大夫浪漫与超拔，带着乡音含着父老乡亲体温的诗歌。

他书写父亲的诗行，系连着雄性自豪与英雄崇拜的文化恋父情结。在《父亲》中，他写道：

视线之外的人群里

有我的父亲

当父亲个体生命的存在，扩展到内化于时代或者民族的集体本体价值之中时，当"父亲的誓言／在行动上注释着哲理"时，诗人也于"某年七月一日"，在"镰刀斧头旗下"，"高扬起自己的誓言"。

"人民，只有人民才是创造历史的真正动力。"由巴到夷，由夷到蛮，由蛮而土，一代代能征善舞的土苗儿女创造了光辉灿烂的巴楚文化。陈连升、司马军城，一个又一个鲜活的名字，站在历史的边缘，遥望着古老的鄂西。

一轮太阳

在炮台上迸溅最后的光环

仿佛是黑夜声浪里

一盏点亮的航灯

陈连升的躯体被英军砍成碎片

天地之间

升起且灿烂且激动的星辰

——《东方战神》

那是太阳的光芒神韵

那是清江的永驻辉煌

比火更温暖的是太阳

比太阳更炽热的是诗歌

——《司马军城》

其实，人的名字是会凝固的，就像历史也会凝固一样，即使在滔滔不绝的清江河里。

八

杨秀武先生，我原不认识，只是透过《清江寻梦》特有的艺术建构解读和沟通了原本陌生的心灵。

八百里武陵山峦，苍苍莽莽，披着秀色涌动层层绿波。

九千里清江河水，悠悠延延，穿山破谷不舍昼夜奔腾。

同为清江后裔，同为巴氏子孙，让我们一起歌唱吧：

　　　　我是清江的后裔

　　　　我是清江的歌者

　　　　在你设置太阳的地方

　　　　我能否唱得一身灿烂

　　　　　　　　——《我是清江的歌者》

　　　　　　　　2002年3月完稿于湖北恩施

诗人需要一种支撑

——为黄进风诗集《斑痕》写序

黄进风是我兄弟。

如果没记错的话，我们是在二〇〇四年十月二十二日认识的，弹指一挥间，十三年过去矣。那天应该是周五，吃过午饭，苏州高新区教研室顾晓白主任到学校找到我，邀我与他同去东渚中学，参加学校的文学社成立大会。那时的我，刚刚参加工作一年多，对苏州高新区知之甚少，对东渚中学更甚。我依稀记得顾主任带着我先坐公交到了木渎镇，在木渎镇之后如何转车已毫无记忆了。路上，顾主任告诉我，东渚中学文学社的负责老师黄进风也是个文艺青年。这是我第一次听到黄进风的名字。

东渚中学当时还在东渚老镇上，校园不大，建筑很紧凑，很质朴，也很怀旧。到达学校后，我们见了当时的教务处王主任，王主任立刻把黄进风喊到办公室。这是我第一次见到黄进风真人。

黄进风个头不高，人又极淳朴、厚道，话不多，常出语不凡，校园人称"阿黄"。这个昵称有着强烈的乡土气息，与他的气场也合。后来，我便在东渚中学校园文学社成立大会上，见识了黄进风三言两语，就把数百名学生撩拨得激情澎湃、诗意盎然的情形了。

此后，我和黄进风便熟识起来。

二〇〇六年十一月，苏州高新区中学生文学总社成立。我是总负责人，具体负责组织协调高中文学社活动；黄进风是初中文学社负责人。这是我和黄进风第一次共事。

黄进风做事勤勉、扎实有章。我们一起合作，和众多学校文学社的负责老师一道，把苏州高新区的文学社弄得风生水起。

后来，我便离开了学校。黄进风仍在学校耕耘那一亩三分地。黄进风有一位做矿工的父亲，他自小就学会了如何在寻常事物中挖掘日常生活的美。这和他的诗歌一样，他善于探究事物原理，从中获得智慧，然后明白世间百态。这和《礼记·大学》中所说的"致知在格物，物格而后知至"的道理是相通的。

黄进风是有诗性智慧的人。之所以这么说，是因为在我与他十多年的交往过程中，时时感受到他的思维方式和精神方式与后天的诗相结合，产生出的强烈的"诗情结"。这一思维和精神方式在他的诗歌写作中得以全面、独立地延续和发展起来。从这个意义上说，诗集《斑痕》在黄进风的个人写作史上，应该有着特别的珍视。

黄进风写诗有一种从容。他以深沉的情怀去触摸世界的"最高存在"，试图在一花一草，一鸟一兽中，摸索出一些人事。他的这种探索是率性的，也是深刻的。他一直都在努力营造属于自己的乐园。我想，黄进风也是想在诗歌中安顿自己的灵魂的。换句话说，他是在带着热望尽力寻找自己的信仰——这不是人文意义上的一般价值，而是终极的价值。它是诗歌的，也是生命的。

黄进风对于自己的这种走向，有着明确的自觉意识。他很明白自己寻找的究竟是什么东西。他有硬朗的主体精神，有一往而前的干劲。这大约就是诗人的内在支撑。

诗人是需要一种支撑的。

黄进风大概读过作家周晓枫的《斑纹》。《斑纹》是一本能够唤醒人们沉睡记忆的书，它让我们想起许多远逝的鲜活事物，即生命的目光最初遭遇的哲学命题。周晓枫说："斑纹无处不在，就像我们有意修饰并损害的生活。……我们甚至彼此并不知晓，在死之前，每个人如何终身隐秘地镌刻着各自记忆的斑纹，爱与悔恨的斑纹。"

三十年河东，三十年河西，青山易老，绿水长流。我们每个人都十分努力地想把我们的足迹永远留在大地上，想把我们内心的真理、希望和梦想永留在人世间……所有这些生命的基本问题，同我们的灵魂相遇，都浸透着绚丽、悲壮与永恒的诗意。黄进风给诗集取名《斑痕》，意义大约也在于此。

我喜欢黄进风的诗歌，是因为他的诗里有一种审美真精神。

南朝梁钟嵘在《诗品·总论》中说"凡斯种种，感荡心灵。非陈诗何以展其义，非长歌何以骋其情？"我把它拿来形容阅读黄进风诗歌的感受，是一点都不为过的。

　　提笔写下上面这些文字的时候，窗外突然传来犬吠声，在这不想睡去的夜晚，几声犬吠，给了我莫名的感动和安慰。犬吠止息，我便突然回到了荒凉！

2017年6月26日凌晨2点于苏州

诗的治愈或万物的朦胧愿望

——为土家族诗人谭健强诗集《后夜》写序

　　诗歌所具备的强烈的自我意识和神秘的艺术特征，仿佛一切生命的生成。那些简朴的、本质的事物，那些无法捕捉、无法描述的场景，那些没有被说出的话，都散在一场又一场的风中，等待一位诗人的还原与重现。

　　诗集《后夜》，就是谭健强对生活深刻体认之后的一种挽留、一种看见，以及一种呈现。

　　后夜，是一个巨大的充满诗性智慧和诗性品格的"场"的展开。谭健强说："而今夜悠长/纵横驰骋/也会发生脱缰之事/这个晚上/我在夜场中患得患失/这个夜晚/我被长夜所噬"（《心绪》）；他又说："在这个深陷的夜晚/我就是/一头无怨无声的老牛/将参差的心情/反刍和咀嚼"（《后夜》）；他还说："我竟然用一个长夜/将一个悠长的梦魇做醒"（《不惑》）。"我只要/回放那些温馨的画面/今晚的星星/便暖过光年"

（《远星》）。夜色、田野、大地、谷物……这些就是乡村；宁静、丰腴、温润、荒凉……这些就是诗情。

它们在谭健强的世界里，得到了完整保存。

对夜的不可穷尽性的审美自觉，构成了谭健强对家园的最初表达。他就像是村庄的守夜人，在一个又一个万籁俱静、月华如水之夜，魂影一般，深入到乡村不为人知的细节中，去观察、去体悟、去辨认。那一刻，他看见了另外一个世界，如此强大、饱满、鲜活地隐匿在他身边。

奥地利诗人里尔克在《艺术手记》中指出："艺术乃是万物的朦胧愿望。" 德国哲学家海德格尔也说："一切艺术本身就其本质而言都是诗。"无论是诗人的表达还是哲人的论述，都烛照了事物存在的深刻本质。

谭健强深知，"而事物的愿望是想成为他的语言"。由是，他把那些永远鲜活亮丽、承载了我们某种沉重渴求的不朽事物，提升到了与存在本质的亲密联系中，以此来实现自身、展示自身的澄明，进而艰难地迈向生命的本体存在。在其中，谭健强为本民族朴拙淳直、原始典雅的土家文化所浸染，最终磨砺出了一种让万物复活并再度生长的力量。

谭健强有属于自己的立场和态度，有自己的审视维度和表达方式：向后退，退到夜的最黑暗最深幽处去，退向给他完整世界的原点；向内转，转向自己最脆弱又最坚韧的内心，转向玄而又玄的生命本身。他所表述的就是某种人的价值存在方式，源于乡土，抵达生命，散发出蓬勃生机。我认为，这是谭健强诗歌最出彩的地方。

谭健强有一段在乡村生活的经历。在那个漫长生命开始的地方，他与家乡、与世界发生了深刻而广泛的关系。家乡用它的一阵一阵刮过的风、一场一场下过的雨、一朵一朵飘过的云、一片一片生长的林，来抚养这个生命慢慢长大。

很多年后，当他离开家乡，与一个更大的世界发生真实的交锋的时候，乡村经验为他修筑的乌托邦，使他获得了与这纷乱世界展开对决的某种勇气和慰藉。就如作家刘亮程所言："假如这个世界还有什么的话，家乡在你出生的那一刻，已经全部地给了你。"

母亲去世后，谭健强离开了生于兹、长于兹、念于兹的家乡。

这时候，家乡没了，母亲没了，故乡出现了。用作家东西的话说，就是"故乡，您终于代替了我的母亲"。如果说过去是因为爱母亲才爱故乡，那么现在则是通过爱故乡来怀念母亲。他抒写母亲的诗篇集中在《乡愁》一辑，也是别有用心。他实际上是想告诉我们：有母亲的地方，才能止痛疗伤，才能安慰漂泊游荡的灵魂。

在千里之遥的南国，谭健强以一个游子的身份游走在异乡的大街小巷。虽然故乡在他心头魂牵梦绕，异乡时不时让他感到寒冷，但他依然将诗人的真挚和热情毫无保留地给了接纳他、容纳他的异乡。《太艮传说》一辑就是谭健强献给异乡的赞美诗。这一份浓得化不开的生命热情，根源于谭健强童年、少年时期健旺的热情、顽强的意志和强大的生命力。

诗人海子曾写过："远方除了遥远　一无所有／遥远的青稞地／除了青稞　一无所有／更远的地方　更加孤独／远方啊　除了遥远　一无所有"。在谭健强的心中，大约正如俄罗斯诗人帕斯捷尔纳克的自白："所以我乐于走向一无所有。"

当然，对于故乡和异乡之间相当复杂的内在联系，谭健强有着足够清醒的认识。"其实／我们算不上／真正远走他乡的游子／心之旅／在故园的黄土梦游不散／恍若转世来寻／异乡的步履愈加不停／黄土地的呼唤就愈加急促"（《黄土地》）。因为爷爷奶奶埋葬在那里，父亲母亲埋葬在那里，所以他才会深深地眷恋着，那座再也回不去的村庄。

谭健强有一组写给女儿的诗歌，最见温馨、最见温情，充满灵性和爱。大约每一位父亲，都希望给自己的孩子一个童话般绚烂的世界，大约我们总是对生命怀着希望，有所祈求。

他乡尚未熟悉，故乡已然陌生，就像一阵风，永远悬在空中。这大概就是每一位当初果敢出走家乡的人，所必须面对的双重困境，身体的，也是心灵的。离开之后，便再也无法回去，返乡的结果，也只会是再一次离开。那种无限怅然的陌生感与无形的距离，会在我们蓦然回首时，生出彻骨的生命痛感。

从家乡到故乡再到异乡，从向往到追寻再到失去，这是一个充满了生命的悲情和苦涩的过程。自然，"异乡人"所遭受的残酷的生存境遇，也会让我们获得对生命无比的悲悯。

经过二十多年的找寻、期待以及虚构，谭健强最终明白：故乡不是找寻，而是在我们身体里完成。换句话说，我们苦苦找寻的那个安顿灵魂的地方，不在家乡、不在故乡，更不在异乡。它只可能在我们心里。用作家刘亮程的话说："我们都是有一个内心故乡的人。我们在生活中流浪，在内心中寻找，向着一个叫故乡的地方，一点点地回归。"

谭健强的这种选择，已经昭示了他最终所能抵达的精神的深度。诗集中有一篇文章《冲出迷雾》，较好地说明了他的精神状态。他说："对于我来说，我的文字，首先是对我自身的注释，是在懵懂之中最后磨成的衣冠镜。"谭健强最终借助诗歌完成了救赎和疗伤，借助诗歌完成了自己。

在夜深人静的时刻，读谭健强的《后夜》，不论是氛围还是情感，无疑都是最投合的了。

两年或者三年前一个夏日的午后，我站在一幢高楼二十一层的某个窗口，将目光投向窗外，阳光淡紫，风隐密林，有白鹭从眼底掠过，不远处的诺贝尔湖静美如常。这时，手机响了，打开微信，便见大学同窗挚友谭逢春发来消息："斌川兄，给你推荐一个老乡，也是一位诗人。"随后，逢春便和我谈起这位老乡及诗人种种的好来。逢春最后说："因为你也常写诗，我觉得你们应该有很多相同的地方。"逢春此言其来有自，《诗经·小雅·伐木》有云"嘤其鸣矣,求其友声",大约就是这般情形。

就这样,身在太湖之滨的我,与远在南海之畔的谭健强,隔着广袤的时空认识了。

2019年10月11日凌晨于苏州

与自己久别重逢

——诗集《河流向西》后记

出版诗集完全是一个意外！正如小女儿得兮的到来。得兮在我和佳佳丝毫没有心理准备的情况下突然杀将过来，着实给了我们很多甜蜜的苦恼和纯美的希望。美国作家米奇·阿尔博姆说："这是上帝能够给予你的最好的礼物，理解你生命里发生的一切，让你的生命得到诠释。"从这个维度上说，不论是诗集的出版，还是小女儿的到来，都会让我的人生更加丰满、更为广阔。说到底，一切生命的给予，都是对人生最好的注解。

诗歌作为我文学尝试的开始，始于一九九九年的十一月。那时，天空还是湛蓝的，高大的法国梧桐树叶尚未落尽。我和朋友史习斌在还未熟悉的大学校园闲逛。我们说了一些与文学无关痛痒的话题。突然，习斌对我说：写一些诗歌吧。我当时颇为惊讶。习斌在我们念高中的时候就有文名，隔三岔五在地区报纸上发表散文，倒是未见过他写诗。他突然提起诗歌，想必颇有深意。果不其然，在我再三追问下，才知晓此时的习斌已经偷偷摸摸混进了中文系的桂园文学社，做了外联部副部长，顺便又捞到了诗歌栏目的编辑。他让我写诗，有点类似于现在的编辑约稿的意思。于是，我们又谈起了诗歌，谈起了诗歌之外很多东西。有关那次诗歌的谈话内容，早已忘得一干二净，只记得当时内心柔和得很。从此，我便正经八百地写起了诗歌。

那真是一个写诗的年代。作家阿来说："少年容易感动，往往迎风流泪。"那时候，有激情、有梦想、有青春飞扬。一群少年不知愁滋味的年轻人聚在一起，谈诗、作诗、喝酒、骂娘。对生活一知半解，对人生误打误撞；身在故乡强思乡，未入红尘已断肠。以为诗酒年华、妙手文章，就是这般"便无风雨也摧残"的情状。十多年过去了，我依旧能够清晰地忆起那一个个激情燃烧的名字：龙艺、向周辉、杨如风、牟沧浪、史习斌、毕曼，以及一张张海一样深邃的脸庞。

师兄龙艺，在大学很有诗名。他的生活状态也颇符合诗人形而下的特征：人长得高，还帅，不修边幅，头发基本原生态生长，有那么几缕常年竖指天空，在一丛横七竖八的毛发中显得格外醒目。晚上多熬夜，当然不全是读书写诗，也有溜出校园看通宵录像被辅导员逮住的时候；白天常睡觉，不喜欢的课就不上。

我和龙艺相识，源于一场无聊的诗歌讲座。有一次，土家族诗人刘小平到学校进行文学讲座，讲座的题目是：诗人应该自觉成为民族精神的代言人。这是一个宏大的命题，具有一种牵引人心的巨大力量。当时，很多人冲着这个题目就去了。遗憾的是，刘小平在两个多小时的讲座中，并未就诗人使命与民族精神进行阐释，而是不断地向我们宣读一些诗家、名家对他诗歌的高度评价，琐碎而冗长。应该说刘小平的诗有些蛮劲，在贫瘠的鄂西南土地上，他的诗歌算是长得茂盛的，有些篇什颇有灵气，就像雾霭迷蒙的大山里，突然露出了一张鲜活的脸。

感谢那次聊胜于无的诗歌讲座，让我遇到了当时在校园诗坛横冲直撞的师兄。和龙艺熟识后，我写的每一首诗歌，基本都要经他的手打磨、修改、润色，才会拿出去投稿。自然，我白天去找他的时候，他大部分时间都在蒙头大睡。被我捅醒后，他便奋力把那颗搁于枕上的脑袋从被子里顶出来，十分热情又十分耐心地与我谈论诗歌。那种谈论散漫而愉悦、自由又率真。谈论完毕后，他打个哈欠复又把头扯回被子里，继续他的"人生如梦"。

那时候的诗歌，诗情大于技巧，力道都在诗内。应该说那个时候遇到诗歌，那种美好的情感、纯挚的表达，悄然改变了我。这一写，就是风风火火的四年。

大学毕业后，一群志同道合的朋友都各奔东西，每个人都孤独地为生存、生活和梦想，进行着卑微而深刻的忙碌。当年的那种痴癫疯狂、无忧无虑的光阴，不复拥有。此后的一些年月，我断断续续写着一些诗歌，直到二〇〇六年的某些日子。

那段时光，我集中而专注地阅读了海子和骆一禾的大量诗歌。两位天才诗人、一对杰出的诗歌烈士，一位卧轨殉诗、一位嗜诗成疾。两位诗人相互联系、相互贯通、相互构成，成为中国现代文学史上罕见的神话。他们的诗歌有一种金属的质感，有一种阳光的锋芒，有一颗共同的人类的心。读他们的诗歌，我一直被惊心动魄地震撼着，也一直被惊世骇俗地感动着。

这之后，我几乎再没有写过诗歌。我甚至好多年连诗歌都未曾读了。我以为，此生算是和诗歌告别了。

不承想，二〇一三年我又重新拿起了手中的笔，有一首没一首地写起了诗歌。当时，玉兰、海棠开得正盛，此起彼伏的绽放改变了人间颜色。人过而立，静水流深。此时写诗，多了一份从容和沉静，多了一份宽容与悲悯。诗意文字与生命质感互融互通，个体意识与普世情怀共鸣共荣。作家何向阳说："写作是与不存在的爱人的对话""诗人持续不断寻找的是一个人物——自己，是想跟自己隐藏的灵魂对话的冲动。"再次提笔写诗，本质上是与那个久违的自己再次重逢。这大约便是成长。

机缘源于刘放先生。刘放，祖籍湖北大冶。大冶自古就是"膏粱丰腴之地"，又是"文人骚客之乡"。我和刘放，俱为楚人，有同乡之谊。我称他老哥，他唤我兄弟。俗话说得好，世间最难得者兄弟。老哥为人刚健、坦荡谦恭，知微知章；新闻、小说、散文、诗歌样样出手不凡；主持报纸专刊、副刊，个个都是响当当的品牌；写得一手好字，据说还唱得一嗓子好歌……多才多艺，羡煞我等旁人。古谚有云："惟楚有材。"老哥是没有辱没这个名声的。

回忆往事总是欢愉的。二〇一三年三月的某一天，主持报纸"诗会"专刊的老哥要我时不时地写诗投稿。老哥的约稿，唤醒了我一直保留在精神空间里的那份真、那份纯以及那份热情。

真实被唤醒，一切善与美都将复兴！

一、关于书名：每个人心中都有一条河

我天生对水就有一种亲近感。我的每一首诗歌几乎都有水的元素，水成为诗歌中最温柔的部分。

但我居住的那个小村庄，只有一条断头河，人称孟家河。河两岸甚至整个村庄，都没有一户姓孟的人家。直到现在，我都没弄明白它缘何叫了这个名字。河流流经村庄，在倒湾里遁入地下，成了地下河。

孟家河距我家六七里地，已远远超出我的活动范围，平时鲜有机会可以亲近。我有限的几次与它的近距离接触，是在村小读书，春秋时节给学校弄柴，一天两趟跨河而过。那时的孟家河没有河水，一谷光溜溜的石头随意又慵懒，丝毫没有河流应有的样子。到了夏天，一逢落雨，班上一位住在河对岸、需渡河上学的同学便常常缺课。河上没有桥，老师不用捎信去探问究竟，就知道准是平日里过河的小石墩被暴涨的河水吞没了。每每望着那个空荡荡的座位，我的内心就涌现出一股莫名的歆羡之情，脑海里浮现的便是孟家河惊涛拍岸、浊浪滔天的壮观景象。

我对村庄外、离家二十多里山路的另一条河流比较熟悉。我曾在散文《剪江而渡》一文里反复叙述过它的盈虚与静美。那是外公外婆茅屋前的一条河流。它没有名字，因为外公外婆居住的地方叫洞湾，我们就叫它洞湾里的河。

洞湾里的河，一条由东流向西的河流。每年，都有溯流而上的鱼群向着世代向往的产卵圣地进发。

我就是在那条河边，学会识物、学会思考、学会认识美的。

如今，外婆去世已经二十八年，外公过世也有二十二年。近三十年匆匆过去，河水依旧流着。

二、关于故乡：诗人的天职是返乡

我出生在武陵群山深处一个叫作永兴坪的小村庄，我在那里生活了十二年，度过了人生最纯真烂漫的童年。评论家洪治纲说："童年经验，是作家们在成长过程中形成的有关世界的原始'图谱'。它对作家创作的影响，不仅仅是以经验的方式直接呈现出来，更是从个性心理到艺术思维、从文化观念到审美情趣，深深地左右了作家自身的艺术创造。"

这个贫瘠而富有、淳朴且安详的小村庄给予了我经验、灵感和智慧。所以，你会发现，我的诗歌里很少使用那些"尖锐"的词语。这并不是说我对社会的荒诞和苦难视而不见，我只是用那些柔软的、温情的词语，颂扬一切生活和艺术的美好。沈从文先生说得好：用爱报答无情。

后来，我读书、工作，渐渐就离开了那个小村庄。

家乡变成了故乡。

二十多年过去了，每每想起那个小村庄，就有一种——用德国哲学家、诗人赫尔德的话说——高贵的痛苦。鲁迅先生曾经这样描述他的故乡："苍黄的天底下横着几个萧瑟的荒村，哦，这就是我二十余年来时时记起的故乡。"可以说，离乡越久，思乡愈切；离乡越远，愁思愈重。正如《古诗十九首》中《行行重行行》所说："相去万余里，各在天一涯。道路阻且长，会面安可知。胡马依北风，越鸟巢南枝。相去日已远，衣带日已缓。浮云蔽白日，游子不顾反。"非万里不足以称天涯，非天涯不足以称游子，大约就是这般景致了。

德国早期浪漫派代表人物、诗人诺瓦利斯有一句名言："哲学是一种乡愁，是一种无论身在何处都想回家的冲动。"同样，二十世纪存在主义哲学创始人、德国哲学家海德格尔，在《荷尔德林诗的阐释》中说过一段经典的话："诗人的天职是返乡，唯通过返乡，故乡才作为达乎本源的切近国度而得到准备。守护那达乎极乐的有所隐匿的切近之神秘，并且在守护之际把这个神秘展开出来，这乃是返乡的忧心。"在海德格尔那里，返乡不仅仅停留于返回物理意义上的故乡。"它们锁闭着它们最本己的东西"，"锁闭的隐匿之物"，才是真正意义上的故乡。借用语言学的考究，故乡那被锁闭的本己之物被一语道出，故乡就是命运。

返乡作为一个迷人的语词，是一场身体与心灵的双重奔袭，是一个时代里所有人都在隐约完成的共同经历。

诗歌，大抵也是如此。

三、关于诗歌：我所有的诗歌都是对刘亮程微不足道的引申

作家周涛在为圣马文丛五人集序《谁将为历史承认》一文中，对刘亮程作了简短的评介，他说："这个来自沙湾的青年作家沉默寡言，他和一个村庄的联系使他有一种忧伤的情调，还有几分北疆农村式的幽默。这些，他曾用诗完整地表达过，未获回应。"

我所有的诗歌都是对刘亮程微不足道的引申，也是对第一次阅读他的遥远回应。我在任何场合都毫不掩饰我对作家刘亮程的推崇和喜欢，也不只在一个场合不遗余力推荐他的著作，他也是我不断重复阅读的几个作家之一。每一次阅读都是一次靠近和抵达。

刘亮程算得上是二十世纪末一个文学现象，这位来自新疆沙湾的汉人作家，有一张维吾尔族同胞的脸。他曾经用文字，用长达十年的时间虚构了"一个人的村庄"。后来，他一手缔造的"村庄"成为众多人的"村庄"。我曾经在散文《用他的文字缅怀整个大地的童年》中，详细叙述了我对刘亮程的阅读："他用

那些透明、干净、纯澈的文字，还原了生活的本相，他要呈现给我们的便是人最基本的生存状态，一种存在于天地之间的完全的精神状态。也就是说，他最终构建的是乡村精神。准确地说，他只是借用乡村场景来表达一个乡村的内质，并由此看到了整个世界。"

刘亮程的写作是朝回走的。他说："任何一次面对过去的文学写作，可能都是生命的一次重现。文学就是对人生的第二次抚摸，第一次总是匆忙，只有第二次第三次我们进入过往生活的时候，生活的真正意义才会凸显出来。"这就是时间赋予刘亮程的神秘体验和超人智慧。

二〇一二年五月十七日，第三届在场主义散文奖颁奖盛典在苏州大学举行，群贤毕至、作家云集，刘亮程作为评审专家也全程参加了颁奖大会。下班后，刘放老哥约我同去采访在场主义创始人、散文家周闻道先生。我们到达作家下榻的酒店时，颁奖盛典已经结束，作家们陆续到自助餐厅用餐去了。晚上主办方没有安排，作家们吃完饭就自由活动了。我们进入自助餐厅的时候，餐厅里人已稀少，只看见苏州大学范培松教授和两位女大学生志愿者在聊天。我陪老哥吃饭，不一会儿，听到身后范教授很亲切地叫了一声"小刘"。我转过身，但见刘亮程从餐厅里面走出来，他穿了一件大红色的衬衫，很是抢眼。头发梳得一丝不苟，与照片上他总有几缕头发被沙漠的风吹散的沧桑感不同，他比照片上的刘亮程看起来要清瘦点。经过范教授身边的时候，刘亮程停了下来。我正打算走过去和他打个招呼，过把见偶像的瘾。不料，两位女大学生志愿者已经抢先起身相迎，她们也是刘亮程的粉丝，听她们寒暄，其中一名女孩还是新疆的，这与刘亮程便又亲切了一层。

后来，我便目送和两位粉丝聊完天的刘亮程缓步走出餐厅。一袭红衣飘过，后来不知去向。

四、关于诗人：给生活一些梦想

我一直固执地认为，当社会迷惘的时候，诗人应当首先清醒；当社会过于功利的时候，诗人应给生活一些梦想。

从某种意义上说，写诗更需要一种强大的内心力量，并不是每一个懂得句子分行的人，都能够找寻到通往诗歌深处的路径。诗歌天生就有一种高贵的秉性，真正懂得诗歌的人，都有一种情怀和无法企及的妩媚。

在这个世界上，倘若有那么一些执念于诗歌的人，那么，他们一定是尽力存留纯洁和担当的人。

诗人余秀华说："感谢诗歌，感谢生活，感谢生命，感谢每一次美好的相遇。"

说得真好！

是为后记。

2017年6月19日完稿于苏州

第三辑

飞花入户

浅谈大众文化主体意识的建构

——兼谈精英文化对大众文化的价值制衡

精英文化秉承对大众文化启蒙——批判的传统立场，往往采用单向灌输/接受的关系模式，将精英文化的传统规范、价值信仰、哲学思想等强加给大众文化。而大众文化为摆脱精英文化"权威"的阴影，对传统的自上而下的启蒙与批判进行抵制、嘲讽、拒绝。这就造成文化生态系统中两种文化的长期"敌对"状态。当然，精英文化也会保护大众文化的价值——企图将其纳入辅助性话语之中，本文不拟讨论。

二十世纪八十年代中期，随着西方国家经济全球化规模的进一步展开、扩大，"全球化"的观念已突破最初的经济指向，逐渐扩展到文化领域。这一时期，中国的大众文化遭遇国内精英文化及西方流行文化等强势文化的冲击更加明显，使得大众文化的生存空间越来越狭窄。因此，大众文化只有真正走向市场，走向大众，才能充分实现自己的价值。"全球化"扩展到文化领域，客观上为大众文化进一步与市场拥抱，与受众拥抱提供了良好的机会。

在这种情况下，大众文化逐渐与市场联系，利用市场来突围，这不仅有助于大众文化摆脱精英文化"教条式"的说教，还有利于它摆脱对政治权利的依附。这样大众文化的主体（艺术家）就借助市场获得了自由，逃离了"政治单面人"的处境。法国著名社会学家布迪厄对这一现象作了现实的认识：金钱解放了艺术家，金钱创造了现代文学。

刚刚从政治圈圈中解放出来的艺术家们（大众文化的主体），从商品经济中不仅获得了前所未有的丰裕的物质，也唤醒了他们对文化的欲望，或者说他们具有了一定的文化觉醒，他们不再是无能为力的受动者和接受者，而是具有了某种程度的自主性和选择力的文化消费主体——不再是客体或对象。他们有能力去购买或消费自己感兴趣或需要的文化——尽管这种"兴趣"或"需要"很可能是商业文化为他们挑逗、制造出来的。

然而，这种局面没有持续多久。由于在以市场经济为核心的现代商业社会，消费成了人们最重要的生活方式。任何东西，不管是物质的还是精神的，都可以纳入消费市场的运作中，它们无不受到消费观念的左右，无不受到消费规律的支配，其存在价值几乎由市场决定。市场需要成为一切物质的精神的产品的价值砝码，这使得大众文化一贯追求的"生活的常态"：关注苍生、关注百姓、关注生存、关注人性，反映大众的真实生存状态，反映特定时空的地域文化景观遭到破坏；对西洋流行文化的简单模仿，加之大众文化既没有传统规范，又不依凭什么哲学思想，它的文化核心只能是寻求一种经济学意义的阐释：即人的行为过程的经济性。它的价值目标没有终极关怀的承诺，只有对此刻的关注。正如人们喜欢吃肯德基而不是中餐，或许只是为了满足某种消费欲望或心理，只追求吃时的一种感觉，一种消费理念。这导致大众文化的主体（艺术家／人）又陷入了另一种尴尬境地——"经济单面人"，使大众文化严重"失血"。这大概与现代商品经济瓦解大众文化的主体有关。

从整体上观照，我们尚处于一个"前现代"的文化国度，在这样的国度进行后现代式运作无疑是奢侈的。但建设自己的现代化工程，培养大众文化主体（人）的现代性，恐怕是大众文化在商品经济的熔炉里得以再生的一种方法。而立体的人的现代性培养，又不得不回到精英文化的价值制衡中来。

不过，在这种格局中，不允许存在霸权性文化。精英文化在建立独立人格与"自身的文化话语权"的同时，又"不要把自己看作救世主"。因此，精英文化只能靠自身的文化魅力，在相互尊重、平等对话的原则上，与大众文化在独立中交流、宣传、扩散自己的价值观，而非强力、攻讦；不是居高临下的俯视者，而是推心置腹的商讨者。但这并不意味着精英文化放弃批判启蒙的立场，只不过现代性批判启蒙蕴含在交流对话中而已。而在探讨对话式的双向交流的互动关系中，使现代性意识在对话中显现，照亮蒙昧。

大众文化亦要多些理性，诚恳地接受批判——只要这种批判是善意的、建设性的，并主动意识到现代性匮乏的危机，树立真正的主体自我意识，在与精英文化的对话中感受到大众的脉动和动态，不断调整自己的姿态。

一些表现城市生活的作家，如王安忆、陈建功、池莉等，企图从城市的里弄、胡同、四合院、小阁楼及普通市民，写出更多的地方味。这种由高层次文化圈约定的价值，通过对平民的影响而形成的一种特有的文化行为，便是精英文化和大众文化协调发展的产物。这种凝聚历史和现实的办法，不敢说是扩展大众文化主体意识现代性最好的办法，但至少是有效的手段之一。

现代性也许并非灵丹妙药，但一种没有坚定的人文现代性守护、监督的经济发展，最终导致的将会是什么？物质的战胜真的能给个体存在赋予意义与精神归宿吗？

——至少，现代性提供了一条途径，一种选择，一个希望。

2002年6月完稿于湖北恩施

爱情遭遇的尴尬

——从《威尼斯商人》谈起

《威尼斯商人》是莎士比亚艺术才华日趋成熟阶段最优秀的喜剧代表作之一。他站在人文主义巅峰，将反封建、个性解放融入爱情当中，跳出了早期轻松欢乐的喜剧风格，成为第一个用较显著的现实主义手法接触社会阴暗面的喜剧。

但就是这种高度渗透了人文主义精神的爱情，在莎士比亚的笔下也遭遇到了前所未有的尴尬。可以这样说，莎士比亚越是了解人，越是深入生活，就越是怀疑人间"至善"的能力，越是要以残缺的手法为他的理想人物送葬。

一、"非道德化"倾向

巴萨尼奥是没落的贵族子弟，家产已被他挥霍一空。他如是说："我全部家产都流动在我的血管里。"除了高贵的血统外，他一无所有。他追求爱情，向鲍西娅求婚，看准的就是鲍西娅丰厚的陪嫁。他自己也一针见血地道出求婚的动机："要怎样才能清偿我过去挥金如土的时光，积压在我肩上的这重重债务。"

这种文艺复兴时代特有的"非道德化"倾向，使理想本身立刻破裂。至纯至善的爱情在崇尚功利的世俗社会中是相当脆弱的。

这就是莎士比亚笔下的爱情遭遇到的第一重尴尬：沾染着铜钱味的爱情观，使"人本"精神在爱情国度里失去了自由。

二、锁在匣子里的人

鲍西娅是莎士比亚用鲜艳的彩笔描绘的一位美丽、优雅、机智的大家闺秀。她是巨大财富的继承人。为了追求幸福，她唯恐巴萨尼奥挑错了彩匣，失去意中人，而情不自禁地向巴萨尼奥吐露了少女的一片深情，并且发出了痛苦的呼声："哟，这可恶的时代啊，平白地在我和我们的权利之间，打起了一堵墙"，表达了一个开始觉醒了的时代的精神。

莎士比亚描写鲍西娅是对人性的高度认同。然而，鲍西娅是一个被"锁在匣子里"的人，她既不能选择自己所爱的人，也无法拒绝她所不爱的人——"一个活着的女儿的意志，就这样给世故的父亲的遗命钳制住了"。面对自己心仪的人，她无法叛逆封建家长的意志；在意中人挑彩匣时，她不敢违背誓言，指点他该怎样挑选。这恰恰是人性消解的见证。这里包含着中世纪式的悖论：任何稍稍具有丰富性和艺术表现力的作品，却难以维持观念和方法上的纯粹与单一，作品本身存在的裂痕和矛盾，就潜藏着一种"颠覆"的力量。这可能是莎士比亚始料不及的。

杰西卡是真正张扬个性、追求幸福的人，只有她才敢背叛父亲夏洛克，跟恋人罗兰佐私奔。夏洛克贪婪、自私、嗜财如命，但对女儿杰西卡却是个例外。他曾在暴怒中诅咒她：宁愿看到她死在他的脚下，珠宝挂在她的耳朵上，金钱放在她的棺材里——显然，夏洛克爱他的女儿胜过爱金钱。但是，正是这种偏执的深入骨髓的"泛爱"，始终是阻碍杰西卡追求幸福爱情的绊脚石。

莎士比亚要实现不超乎人性原则的价值，却常常与同样被视为人性原则的东西发生冲突，从而"罪恶"既来自人性，又为人性所不齿。

三、友谊重于爱情

安东尼奥与破落的巴萨尼奥结为生死之交。安东尼奥为了巴萨尼奥，不惜借款割肉，死而无怨；而巴萨尼奥为救安东尼奥，也不惜牺牲爱情——"可是生命也好，媳妇也好，就算是整个世界，在我的心中，都比不上你的生命。我情愿丢下这一切，呃，牺牲了它们，全拿去献给这个恶魔，来救你。"这种自夸的友谊使他们的精神视野十分狭隘，失去了朋友，仿佛整个人生都失去了意义。在法庭上,巴萨尼奥为感谢"博士"救了安东尼奥,将代表"妻子鲍西娅整个生命的戒指"转送给了博士。这一切,强有力地证明了友谊重于爱情,居于至高无上的地位。

莎士比亚笔下的爱情遭遇到尴尬说明,人世间的"善"并不足以制"恶",而一种"恶"也不能使另一种"恶"得到抵消,矛盾在双方的毁灭中暂时解决了,而世界依然故我。

这既是人类的存在方式,又是社会前进的历程。

2002 年 7 月 14 日完稿于湖北恩施

千古文人侠客梦

——我的武侠小说阅读之旅

我读武侠小说起步很晚。

当年，大家一窝蜂看金庸、古龙、梁羽生、卧龙生、温瑞安、诸葛青云、于东楼等武侠名家的小说时，其况之盛，无法言说。小书摊上十之八九是武侠；大街上随便拉出一个人，都能够比画一招两式。那是一个激情满怀的时代，人人都有一个属于自己的武侠梦。

而我是个例外。那时的我，两耳不闻窗外事，一心只读圣贤书。对课外阅读压根就没有兴趣，更遑论武侠小说了。

我离武侠最近的一次，也有两三公里的距离。那时，河南嵩山少林寺在鹤峰县云梦开设分寺。寺院就在大姐家屋后山顶，距离两三公里的地方。我小时候身不强体不壮，母亲和大姐便向父亲建议，让我在暑期到寺里习武，做一名少林寺的俗家弟子，一来强身健体，二来保家卫国。父亲深思熟虑后否决了这一建议。

他担心我习武归来，本领在身，不再听从他的差遣，更害怕我仗着武功盖世（其实也就是武功盖我老爸），对他做出大逆不道的事情来。父亲的决定让我日后与一代武学宗师擦肩而过，甚是遗憾。

第一次接触武侠小说，我已经在离家近三百里的县城念高一了，是高一上学期还是下学期已然记不清楚，只记得那是一节语文课。我读书的时候，语数外物化都是两节课连堂，老师一般在第一节课讲授新知识，第二节课留给我们自习。自习课花样繁多，有的真自习，有的假自习；有的借自习之名谈恋爱，有的借自习之便挖墙脚。总之，自习课，教室里就是一幅热火朝天的场面。

同桌黄猛，自小学而初中而高中，前后七年与我同班同学。此人虎背熊腰，性格刚韧，念初中时便擅长打坐，常能闹中取静、静中入寂，又有家传气功绝学在身，整个人便气宇轩昂、气度非凡。像这种从小浸淫在武功绝学中的人，对武侠小说自然是分外迷恋。在连堂的第二节语文课自习的时候，黄猛大部分时间是在偷偷地看武侠小说。

当时的语文老师是位年轻的帅哥，姓张，单名一个杰字。戴一副眼镜，斯斯文文，行事淡定坦然。张老师也是藏龙卧虎之人，在高一上学期班级元旦晚会上，一掌下去，齐刷刷劈断三块火砖。从此，张老师名声大震。其实，江湖中早就流传着他的传说，张老师修炼气功多年，平时打坐参禅，颇有心得。我们吵着嚷着要拜老师为师。老师拗不过我们，在高一下学期上语文课的时候，就带领我们练十到十五分钟的气功，从天、地、人到日、月、星，从水、火、风到精、气、神，一一指点。整整一个学期的光阴，练到最后，只有黄猛登堂入室了。不过，整个过程，我也是十分享受，收获不少。它让我在今后的人生道路上行事尽可能纯粹纯净，心胸尽可能豁达坦荡。

当然，这也得益于黄猛把他的家传气功绝学传授给我。想起黄猛教我家传气功绝学，就觉得古人不诳虚言。黄猛因为生活费安排不合理，有时上顿接不着下顿，便时不时地向我借钱。我也大方，有钱就借，从不吝啬。黄猛常常感念我的大恩大德，加之这恩情他一时半会儿也无以为报，便在一日酒足饭饱之后把家传气功绝学教给了我。从此，黄家祖传气功绝学便旁落他人之手。这正印证了"吃人嘴软，拿人手短"的古语。不过，我武德深厚，自从习得黄猛家传绝学后，从未在外人面前泄露天机。如今十九年过去了，黄氏家传气功绝学共十式还是十一式，我只记得第二式了。呜呼哀哉！

就在黄猛优哉游哉偷看他的武侠小说的时候，鬼使神差，我的头稍稍偏了一下，眼睛就瞟了几行黄猛藏在桌肚下的书，就在这一刹那，我让武侠小说迷住了。我相信，一见钟情，就是那个样子。我给黄猛说，看完了，借给我看看。黄猛自无二话，看完就借给了我。

我也是在连堂的第二节语文课自习的时候，偷看的我的第一本武侠小说。小说确实吸引人，依稀记得里面有位武功高手，折枝为剑，意在剑先，意到剑到，剑锋凌厉，威猛无比。就在我沉浸在飞檐走壁、剑走龙蛇的武侠世界的时候，黑乎乎一团暗影投在了我的小说上，等我回过神来，暗影已经静静地投了四五分钟。原来，所有的厮杀和过招，都是在张老师的掌控之下。张老师硬是等我自动从武侠世界抽身出来，才轻轻地拿起我的书，看了一下书名。书是著名作家金庸的《王重阳》。张老师看了书名之后，轻轻地把书翻到我正在阅读的那页，再轻轻地把书放在我的课桌上，最后轻轻地走了。这期间，我连死了的心都有。一怕老师没收了书，二怕老师雷霆之怒撕毁了书，这两招都会置我于死地。因为十块钱的押金，足以让每天只有四块钱生活费的我三天之内滴米全无。最好的结果，老师不收书，只是当众批评一番，也会让我羞愧难当。然而，所有的担心都是多余的，整个过程张老师一言未发，连动作都是轻柔的。这让我对张老师一直心存感激。高中二年级，张老师就不教我了，但此后的高中生涯中，我从未在课堂上分过神，看过课外书。后来我做了老师，遇到学生上课看课外书的时候，也只是轻轻地拿起书，看看书名，然后轻轻地放下。

很多年后，我才知道，金庸根本没有写过一本叫《王重阳》的小说。我的武侠小说阅读处女秀就这样被盗版毁了。

两年前的三月，张老师因病离开了尘世，享年四十一岁。此后的每年三月，我的心都会隐隐地痛一下。

近年来，我断断续续读了一些武侠小说，书是旧书。清末文人孙宝瑄说："以新眼读旧书，旧书皆新书也；以旧眼读新书，新书亦旧书也。"我以为，恰是道出了我读武侠小说的心境。无论是仗剑行侠、快意恩仇，还是笑傲江湖、浪迹天涯，很大程度上取决于我们的期待视野。

　　每个人心中都有一个武侠梦，只是我掩藏了三十几年而已。

2014年8月于苏州

"缘情布境"话散文

——关于散文写作的一点体会

我认为，写作，尤其是散文写作是一种主情的艺术。作者在写文章的时候，主要就是着眼于一个"情"字，即以"情"去黏合一切，以"情"去融化一切。因此，我们写作的时候，脑海里浮现的往往是一种被情感肢解了的折为断片的人物和事件，乃至完全是一种情绪，或某种超脱于人物和事件的象征体。

有了感情，就会衍生感觉和联想，感觉、联想到什么，就写什么。感觉和联想到的故事可以不完整，甚至是残缺；感觉和联想到的道理可以不议论，感觉和联想到的事物可以不清晰，但表达出来的内涵和情绪，却是你真真切切的意境。

"意境"是王国维先生在鉴赏古典诗词时首先提出来的一个审美范畴，直到现在，古典诗词的鉴赏品读，基本上都离不开意境之说。可以这样说，王国维先生实际上是触摸到了古典诗词的灵魂。

这里，我要厘定一下"意境"的内涵。我这里所说的"意境"实际上是一种情感的抒发，或者说是一种有强烈情感暗示的情绪表达。更通俗一些，这里的"意境"是一种感觉。比如，同为看月下河流，你的感觉是"河流是一条时间的光影"，我的感觉是"河流是草花妹子解下的银白的腰带"。这都是一种意境。所以，我在这里并没有给意境下机械的定义。

由此，我们明白了，看星星，看月亮，看河流，每个人的心绪不同，感知的世界也就不同，在文章中营造的意境也就各不相同。

那么，在具体的写作过程当中，怎样去营造文章的意境。我个人认为，以下三种方法不妨一试。

营造富有画面感同时又具有某种情感暗示的细节。

每一篇文章都自成一种境界。无论是作者还是读者，在读懂一篇好作品的时候，都必须有一幅画境，或者是一幕戏景，很新鲜生动地凸显于眼前，使他神魂为之钩摄，若惊若喜，霎时无暇旁顾，仿佛这小天地中有独立自足之乐。

所以，在写作的时候，不论写什么样的故事，我们都要把注意力放在细节描述和细节组合上，而不是作者自己的感慨和议论。有人说，写作的过程中，除非万不得已，作者最好不要发表自己的感慨和议论。因为好的情节编排，绝对胜过你的感慨和议论。否则，极容易因为你自己的一孔之见而限制了读者的想象和共鸣，最终影响到文章意境的审美价值。

我举一篇小短文《企盼》。短文的作者是谁，没有记住，但牢牢记住了文章。说有一个失去了母亲，还不到四岁的小女孩，在花园里看种花时，园丁告诉她，这花籽种在泥里浇下水去，就会发芽生长并开花。那天晚上下起了倾盆大雨，她想起了园丁的话。于是，她偷偷地起床，把母亲的照片揣在怀里，冒着大雨走了出去。小女孩来到花园，用稚嫩的双手挖了一个小坑，将照片埋了进去。然后，小女孩穿着白色睡衣，在深夜的暴雨里，蹲在小坑前专心致志地等待。

就是这么简简单单的细节和串联（小女孩看园丁种花，小女孩种照片）却让我们为之动容和辛酸。这是为什么呢？文章没有扣人心弦的悬念也没有严密的推理，更没有精心设计的情节"陷阱"或类似相声里的"包袱"，甚至连一句作者的感慨和议论都没有。可是，文章却具有一种强烈的震撼力。

当我们读到"小女孩种妈妈的照片"这样既有画面感，又包含"恻隐之心"暗示的细节时，你能阻止自己心酸的联想吗？不行。所以，你就这样被打动了。这种细节的暗示越强，读者就越容易被打动，文章也就越精彩，意境也就越深远。

显然这是一条以情感为基调的情节线。如果我们在情节线保持情感基调的同时，每一个核心细节的展开都给情节的发展带来一个大角度的转折，一个在我们意料之外，却又是情理之中的结果，那么我们的逻辑思维就被激活了。

由此，营造文章意境的第二种方法，便是写作过程中反恒常的奇特性。也就是说，我们必须从我们恒常性中挣脱出来，力求在情节的推进过程中获得一种反恒常的奇特性。可以认为，一位写作者的感知越是具有这种反恒常的奇特性，他的文章便越有可能获取奇特的意象。比如"黑夜给了我黑色的眼睛，我却用它来寻找光明"。这就是诗人在非常相似的事物间，跳脱恒常束缚，发现的截然不同的感受。同样的黑，内涵、意境却大相径庭。这样的思维，总能赋予普通的事物以神奇、智慧的内涵和意境，有的甚至还有摄人心魄的力量、震撼人心的美丽。

这种反恒常的奇特性体现在文章里，就是每一个核心细节都让你感觉到一种意想不到的惊奇。

这样，我们在感受富于情感暗示的情感温情的同时，还在一系列与常规推理相异的转折变化中，充分体会写作者的智慧，并在意味悠远的意境中感受文章的内在的美。

于是，情节线就这样在"情感加逻辑"的二维空间上得到了和谐完美的展开。

第三，联觉能力的分外超拔是缘情布境的必要手段。所谓联觉，是指感觉相互作用的一种情况。视觉与听觉，听觉与触觉等等，都能产生联觉。也就是我们通常所说的通感手法。这里所说的"联觉能力的分外超拔"，实际上就是文章多种结构手法的运用。

在写文章的时候，如果我们的修辞手法再丰富一点，在"情感加逻辑"的结构线中，再加入必要的结构手法，比如悬念、夸张、渲染等，文章就多了几分吸引力。

如果觉得文章的素材平淡，不妨在情节构造时，加入多种结构手法的运用。以夸张为例。一超越现实，戏剧性的效果就出来了。夸张出悬念，夸张出意外，夸张出情感。归根结底，夸张出波折，夸张出戏剧。

总而言之一句话，用悬念吸引人，用反差震撼人，用夸张折腾人，用渲染感染人。

以上列举的三点，仍属举例而言。

三点都是基于写作者以内心的情感去包容客观事物，真正给客观事物注入艺术的生命力和感染力。因此，写作者只有敞开自己的心扉去对生活人生进行感知，他的文章才具有独特的审美的价值。

2007年12月17日于苏州

写出事件的波澜

——基于高中学生记叙文写作的观察与思考

古人有云"文似看山不喜平"。确实，一篇记叙文倘若平铺直叙，似无浪平湖，必索然无味；倘若波澜起伏，跌宕多姿，便能深深地吸引读者。

俗话说得好，"尺水兴波"。那么，在短短的篇幅里（高中语文作文一般要求八百字左右），记叙文如何做到"兴波"呢？下面介绍一些实用的做法。

一、巧设悬念，方能笔底生波

悬念的本意，是指人们在欣赏文艺作品时的一种心理活动，也就是关切故事发展和人物命运的紧张与期待的心情。而"悬念"作为一种写作手法，是指写作者为了激活读者的紧张与期待的心情而采用的一种艺术处理上的积极手段。俗话说"吊胃口""卖关子""欲知后事如何，且听下回分解"即为悬念。

这里，我要澄清一个概念，我们通常所说记叙文的要素是时间、地点、人物。实际上，这只能算是记叙文的表面元素。记叙文的真正要素是故事主题点、素材侧重面、情节串联线（包含故事的起因、经过和结局）。这也告诉我们，阅读记叙文，表面上我们读到的是故事的时间、地点、人物、起因、经过、结果。实际上感受到的，是故事主题给我们的启发和感悟，以及描写侧重和情节编排带给我们的审美的愉悦和享受。

因此，记叙文的本质特点是故事性。这就要求我们，在写记叙文的时候，要特别讲究文章的曲折有致。

所以，悬念手法的运用往往能产生意想不到的效果。悬念手法在具体的运用中，主要有两种方式：一种是单一悬念，另一种是复杂式悬念。

单一悬念，是指整篇文章只有一个悬念，即总悬念，一个悬念的一结一解，构成了文章的基本情节。复杂式悬念，是指文章中有若干个悬念组成的悬念群。这个悬念群，相互勾连，环环相扣，使得文章的结构既有一种严整性，又富于变化美。

设置悬念的具体方法多种多样。我在这里结合具体文章，列举四种常用的手法：

倒叙法：突出事件的结果。把故事的结果放在文章的开头，一开始就抓住读者的眼球，吸引读者读下去。如戴宁加的《一个包厢服务员的报复》：

一个包厢服务员的报复

我平素酷爱以侦探故事为题裁的剧目，可以说到了如痴如醉的地步。每当看这些剧目时，从一开始便试图着手弄他个水落石出，究竟谁是凶手，每一句可疑、值得推敲的台词我都不放过，仔细咀嚼其弦外之音、言外之意。我总是凝神屏气，神智始终保持十二万分的清醒，为了把台词尽量能一字不漏地记下来，我简直紧张到了极点，心脏的跳动急剧加快。对我来说，一部编排得很好的惊险侦探片可以给我的生活带来无限的乐趣。

因为进场稍稍晚了点，观众席里已是漆黑一片。当包厢服务员领着我来到我包厢跟前时，舞台上的幕布正缓缓上启。

"先生，这座位还不错吧？"他将手伸了过来，我丝毫没有理会他的这一举动。

"噢，谢谢。"

"愿为您效劳，是否可以替您把衣帽交托到存衣处那儿？"

"不用了，谢谢。"

稍过片刻，我想他大概已经走了，谁知他根本就没离开，一直在我的座位后面站着。

"来份节目单怎么样？"

"不，谢谢。"

"那上面还附有剧照呢！"

"谢谢，不必了。"

"来杯什么喝的怎么样？"

演出开始了，我不耐烦地摆了摆手。

"喝杯什么来着？"他又重复了一遍。

"不要，谢谢！"

我通常在这个时刻早就静下心来了，但此刻我却根本就无法静下来。

"散场后，您是否希望叫辆出租汽车呢？"

"不！"

剧情似乎一开始就很扣人心弦，我生怕错过或是漏掉哪句台词，可这服务员的絮叨真使我有些恼火。

"场间休息时你要杯香槟酒或是来几个面包卷什么的，好吗？"

"不，不要，我什么都不要！见鬼，快滚远点！"我真的恼火了。

直到这会儿，他才似乎意识到在我这儿恐怕赚不到分文。结果呢，我终于领略到了一个包厢服务员那可怕的报复，原因是不言而喻的，因为我没有接受他的服务，使他失去了本可以从我身上赚得的一笔小费。他深深地向我鞠了一躬，然后伸手指着舞台上，凑近我的耳朵，压低了嗓音，深恶痛绝地说：

"瞧那个园丁，他就是凶手！"

读完最后一句，你不得不爆笑叫绝。文章的题目本身就是事件的结果：一个包厢服务员报复了我。作者把结果放在文章的最开头（题目），一开始就吸引读者迫不及待地读下去：包厢服务员为什么要报复？他是如何报复的？悬念高高地悬在那里，故事不动声色地进行。报复的原因和手段各种各样，在文章没有看完前，我们确实无法判断或揣测。因此，文章的吸引力非常强。在服务员指出凶手前，我们明明知道作者在一步步地揭开悬念，但就是怎么也估计不透情节的走向和最后的结果，而这一切又更加强烈地吸引着你认真地去欣赏文章，直到文章结束。

反常法：强调人物的反常行为。反常的行为本身就有一种吸引力。为什么会有出乎常规的行为，究竟发生了什么。这都是牵引读者神经的元素。我们看苦苓的《心爱的》：

心爱的

一直不知道他是怎么爱上她的。

他最喜欢像个孩子般趴在她怀里，脸颊紧贴着她的胸脯，侧耳聆听她心跳的声音。

"侧耳聆听她心跳的声音。"这是她大一时写的诗。她从小就觉得自己的心跳特别快，扑通扑通，她抚着剧烈跳动的胸口询问双亲，爸爸低头叹气，妈妈又流了一脸的泪。

终于知道自己有先天性心脏病时，她也流了一脸的泪。但后来就坚强了。

上帝大约没有把她收回去的意思：30岁那年，终于等到了愿意把心捐给她的人。她只知道是个和自己同年龄的女子，结过婚，猝死于一场车祸。无从表达对那人的感激，她剪存了报道她换心手术的新闻，上面并列着她们两人的照片。

然后他就出现了。起初他在病房踟蹰，她还以为是访者，后来却成了常来聊天的访客，在百无聊赖的病中，她常为了期待他而忙着在病床上梳妆。初恋的喜悦强烈地冲击着她，毕竟由于自己生来脆弱的心，她连接吻也不曾。

这一次她可以放心地吻了：别人的心在自己胸腔里规律地跳动着，她的心跳不再强烈，却十分安稳，她真的"放心"了，将半跪的他紧拥在胸前，她答应了婚事。

但她仍然不知道为什么会有人爱她，自己不过是个残缺的人。每次她追问原因，他总是笑而不答。也许历经沧桑的人感情较内敛吧，她知道他曾有过一次婚姻，但很快失去了。

她在偶然间发现了他藏在衣柜底层的小盒子，好奇地打开时，看见他的旧结婚照，含笑的新娘看来好面熟，好像……她凛然一惊，匆忙找出收存的换心剪报，不待对比，就知道是同一个人，那个把心捐给她的女子。

那颗心正在她胸中剧烈地跳着，扑通扑通。

本文一开始就抛出了一个悬念：他为什么会爱上她？同时也

推出了核心细节：他像孩子那样，聆听她的心跳。他为什么喜欢听她的心跳？我们小的时候，对一切充满好奇的时候，曾经趴在母亲或者父亲的怀里聆听过心跳声，这是一个充满童趣的情节。然而，作者却把这个情节移植到一个大男人身上。我们都没有意识到男主人公这看似反常的举动与"他为什么会爱上她"之间的关联，一切都在外松内紧的气氛中进行。

　　随着作者的叙述，这位女子不幸遭遇的进一步展开，最初的悬念不但没有被揭开，反而越来越强烈：他怎么会爱上一个心脏残缺、身体羸弱的女子呢？而男子的反常举动仍在继续，"将半跪的他紧拥在胸前，她答应了婚事。""半跪"仍然交代了男子喜欢趴在她怀里，聆听她心跳的声音。至此，情感和悬念层层缠绕，逐步推进，一次又一次激活了读者的审美注意力。直到最后，才一切真相大白。悬念的答案找到了，可是我们的心里却不是滋味。对于男女主人公而言，这究竟是幸呢，还是不幸呢？

　　如果把文章一开始的悬念和男主人公反常举动去掉，只需去掉文章的第一、二自然段和第八段的第一句话。但这样一来，文章的吸引力和精彩程度就大打折扣。

　　夸张法：突出描写对象某些特征的手法。有时候，我们掌握的材料的确有些普通平淡，很难像文学作品中的那种富有戏剧性的曲折情节：蕴含情理之中，出人意料之外。这时候，夸张便显示出了它独特的艺术魅力：夸张出戏剧，平淡也出奇。需要提醒的就是，作为记叙文里的夸张，要适度，也就是说要不失真，有着生活真实的影子。我们看看陈小华同学的《我的傻瓜妈妈》：

我的傻瓜妈妈

我的妈妈是真正的傻瓜，她经常做错事，妈妈经常同时洗衣服和烧饭。有好几次，妈妈做菜做到一半又去晒衣服，结果锅里的汤汁都溢了出来，她为了把火关掉，一紧张，就把还没有挂上竹竿的衣服全丢在地上。结果衣服弄脏了，锅子也被她弄翻了，两边都是一塌糊涂。

这时我的傻瓜妈妈就会以滑稽的表情，红着脸向我爸爸道歉："我真差劲，对不起呀，下次我会注意啊！"而爸爸就会笑着回答说："你真蠢。"

不过我认为说这话的爸爸也一样是傻瓜爸爸。有一天早上，大家正在吃早饭的时候，爸爸突然慌慌张张地从房间里奔出来，他一边穿上衣、打领带，一边找公事包，找到以后说了声："啊！糟啦，来不及了。"就奔出大门。

"放心，他一会儿就会回来。"妈妈倒是相当镇静。

果然不出所料，爸爸没多久就走回来，而且很不好意思地挠着头说："你们看，我空忙了一场，竟然忘了今天是星期天呢！哈哈……"这就是我说爸爸也是傻瓜的原因。

由这种爸爸和妈妈所生下的我，当然不可能是聪明的，弟弟也一样是傻瓜，我家里每一个人都是傻瓜。可是我……

我非常喜欢我的傻瓜妈妈，我比世界上任何一个人都还要喜欢她。

我长大以后，也要变成像傻瓜妈妈一样的女人，和像我的傻瓜爸爸一样的男人结婚、生小孩，然后抚养像我一样的傻瓜姊姊，和像弟弟一样的傻瓜弟弟，变成像我现在的家一样温暖又快乐的家庭。请傻瓜妈妈一定要保持健康等到那时候。

很显然，文章的精彩之处就在一个"傻"字上。文章以"妈傻""爹傻""孩子傻"这三个带有夸张色彩的悬念线索，逐渐展开故事情节。出洋相的事谁都有过，但一夸张到"傻"的程度，马上就有悬念了：只有说妈妈好的，哪有说妈妈傻的呢？我倒要看看究竟是怎么回事。由此，悬念和吸引力就有了。

等悬念一一揭开的时候，我们才明白，所谓的"傻"看似贬损实则褒扬，是对温情而善良的妈妈的发自内心深处的喜爱。文章的细节中暗含了很强的情感暗示，不禁让人感动。心里刚刚平静的时候，情节又出现了大转折：爸爸也傻了，怎么回事？于是文章又显波澜。

如果我们把"傻"字去掉，文章就没有了夸张和悬念，意料之外的转折和凸显家庭温暖的意蕴也就大打折扣。

切割法：在情节发展的关键处打住。如章回小说中的"欲知后事如何，且听下回分解"。

在具体的作文过程当中，悬念可以是人物某一时刻的神态或者某一时刻的语言、动作甚至是心理，也可以是一个场面（包括环境描写）、一段情节。写作时可以根据内容需要灵活运用。

二、抑扬有致，文自曲折多姿

在日常生活中，我们对各种事物，都有自己独特的审美评价：或爱或憎，或褒或贬，或激或扬。这种情况反映在写作里，就形成了抑与扬。所谓抑扬法，就是根据人们认识事物由表及里、由现象到本质的客观规律，将生活中积累的素材抑扬交错地组织在一起，让情势陡然变化，出人意料，并通过前后材料内容的反差，突出表现对象的本质属性，鲜明刻画人物性格，显示自己的褒贬态度的写作辨证手法。

"抑"有抑制、按下之意；"扬"有扬起、抬高之意。写作时运用抑扬法，可以使文章一上一下，一收一放，收放对应，互为彪炳，就可以形成波澜起伏之势，使文章曲折多变，摇曳多姿。

在具体运用中，抑扬法有两种：一是欲抑先扬，一是欲扬先抑。

我们先说欲抑先扬：为了否定表现对象，而先用误解的方式或真诚的态度去褒扬它，然后，再着力进行贬抑的方法。

欲抑先扬，也叫抬高跌重法。其特点是：扬是手段，抑是目的。运用这种手法，就是要抬得高，跌得重。扬得越高，跌得越重，效果也就越好。因而在行文中，就要在"抬"上下功夫、做文章，实际上力量全是用在"跌"上。"抬"是为了造成更大的陡势的高度，使后面能够跌得沉重、有力，这样可以使对象受到更为深刻、更为彻底的否定，从而使文章获得一种新鲜的含义。

我们以海沉川的《我撕掉了扉页》为例分析：

我撕掉了扉页

我和她相识不到几个月，就匆匆地分离了，她叫什么名字，我从未问过，也永远不想知道。因为记忆深处的回忆是不堪回首的——我和她是在一次物理竞赛中认识的。她穿着一件红与黑相间的花格子外衣，戴着一副眼镜。说心里话，我并不喜欢她。可是，所有参赛的同学中只有我和她是同校，且同是女生，耐不得寂寞，我就和她聊了起来。尽管这种谈话方式并不高明，但我们毕竟成了朋友，这一次的相识，我竟忘了问她叫什么名字。

几个月后的团员联谊会上，我和她又见面了。那是初夏的一个夜晚，她身着乳白色的连衣裙，腼腆地站在灯火辉煌的大厅中央，朗诵了她自己创作的一首小诗："……我赞美雪的洁白，它有着清纯脱俗的美……"这诗，不由使早已厌倦摇滚歌曲的我为之动情。我第一次，也是最后一次感到她的美，文静有余。

我偷偷地记下了这首小诗，并把它抄在日记本的扉页上。

毕业前的两个月，是最紧张的。在物理提高班里，我第三次见到了她。那时，练习卷题目很难，我们提高班里的学生好多人不及格，我和她也不例外。物理老师又出了一份练习卷。测试还未到结束的时候，我早已做完，不耐烦了，东瞧西望。猛地，我看见她腿上摊着一本书，她正紧张地翻着。

我彻底傻眼了，继而是充满内心的忿恨和鄙视。这一次见面，我和她疏远了。我不愿正视她的眼睛，我竭力回避着她，因为我知道多见她一次，就多一分难堪。

可造物弄人，在校辩论赛中，我又一次遇见她，她是参赛者。不可思议的是，她的演讲题目竟是——《谈考试作弊的危害性》。她依然是那身白色的连衣裙，依然带着几分腼腆，不同的是，这一次她更带有几分激动。望着她滔滔不绝地演讲，我感到一阵目眩。

"考试作弊，我以之为耻。靠这样得到的分数并不光荣……"这一个个带刺的字，如一只只嘲讽的眼睛向我无情地眨着。我乏力地坐着，无动于衷地望着她，心里却坚定了我的想法——"我看不起你！"

这次演讲她得了二等奖。

全场响起了热烈的掌声。唯独我没有拍手叫好。回家后我做的第一件事，就是把那张记着小诗的日记本的扉页撕碎了……

作者在这篇文章中采用了典型欲抑先扬的手法。

在文章的前半部分，"她"在作者心中纯洁无瑕，学习好，有才气，一身洁白如雪的连衣裙给了作者很多美妙的想象和联想。特别是听到她朗诵的一首赞美雪的小诗，"我"对她产生了好感；这都是用的褒扬笔法。但是在一次物理考试，她竟然作弊，使我对她产生了鄙视的情感，更让我意想不到的是她竟然在演讲中大谈作弊的可耻。言不符实，表里不一，我看不起她。明显，作者的情感发生了转折，对此行为是贬斥的。巧妙的是作者把自己这一感情的变化寄托在一个细节上：一张摘抄了她的诗的日记扉页，尔后又愤怒地撕掉扉页。文中所写素材完全来自学生生活，对比鲜明，反映了中学生的爱憎、是非观念和价值取向，有一种亲切感。

另一种就是欲扬先抑：为了肯定某人或某物，先用曲解的方法和嘲讽的态度尽力贬低和否定他（它），然后再着力进行褒扬的方法。这种方法的特点是：为扬而抑，先抑后扬。抑的目的在于扬，抑是为了扬得更高。这样，文章有气有势，光焰逼人。

我们以著名作家贾平凹先生的《丑石》为例分析。作者的本意是赞扬丑石的"不屈于误解、寂寞的生存的伟大"的内在美，然而在行文的时候，作者却先用了大量笔墨极写丑石之"丑"，对其进行贬抑。直到文章的最后一部分，才笔锋陡转，写一位天文学家发现它原来是"一件了不起的东西"。这样一来，这块丑石立刻显出了"美"的价值。文章先抑后扬，正反相生，在前后映照之中，不仅讴歌了丑石之美，而且阐释了"丑到极处，便是美到极处"的哲理。

值得注意的是，在运用抑扬法的时候要注意以下两点：

一是注意内容的关联性与反差性。前后抑扬的内容，既要有关联性，又要有反差性，只有这样，才能真正表现出统一于对象之中的相互对立的各种矛盾，揭示出对象的本质。

二是要准确把握抑扬的分寸。对于作为手段的抑和扬，既不能不足，又不能太过。抑扬不足，则显不出"落差"，文章便无法形成跌宕的气势；抑扬太过，则会造成读者对其真实性的怀疑，或者会削弱文章的艺术美感。只有恰如其分的抑扬，才会使文章既鲜明生动，又真实可信。

三、着力突转，妙文"银瓶乍破"

高中语文考场作文，由于受到时间和篇幅的限制，并不像平时的创作一样有充分的艺术容量。所以，考场记叙文的情节发展必须集中简洁。因此，在短小的篇幅里，让文章波澜起伏，常常可以采用令人吃惊的突转手法。借用英国近代戏剧理论家威廉·阿契尔对戏剧实质的界定，考场记叙文的实质是"激变"。这里说的"激变"的含义和"突转"相同。

按照亚里士多德在《诗学》一文中对"突转"的解释，"突转"即"由顺境转到逆境，由逆境转到顺境"，我们可以得知：所谓"突转"，便是指我们在构建文章的情节和刻画人物的时候，通过情节的急转、人物言行的前后反差，给人感官、思想以强烈的刺激，甚至是震撼，从而塑造人物形象，突出作品主题，扣住读者心弦的一种艺术手段。这种手法，因为其突然转折，完全超出了人们所预料的正常轨道，所以，常常能使文章产生"银瓶乍破"的动人心魄的艺术力量。

我们以清代书画家、文学家郑板桥写祝寿诗为例，分析一下突转手法的运用。

说是有几个财主兄弟为其母亲祝寿，请郑板桥写祝寿诗，郑板桥在寿筵上即兴挥笔，只见他落笔便是："这个老妇不是人。"满堂皆惊，几欲拳脚相加。

只见郑板桥不慌不忙提笔写道："九天仙女下凡尘。"众人长舒一口气，笑逐颜开。

正在众人大加赞赏的时候，郑板桥第三句诗又出："养的儿子全是贼。"一堂人等笑收愁展，怒从心生。

等郑板桥收笔，个个重又喜笑颜开："偷来蟠桃献母亲。"

郑板桥正是用了"突转"的手法，给人一惊一喜、一张一弛、一喜一怒之感。

在实际运用突转法的时候，我们特别需要注意的便是突转之前的蓄势。所谓"蓄势于前，突转于后"，便是要求我们要选取与中心命意相反的事情充分铺垫渲染。大悲之前的大喜，大善之前的大恶，当大喜、大恶发展到关键之处，突然来一个大转折，以完全出乎意料的方式终篇。这绝对能给文章增添相当的感染力，并持久地打动读者。

一般来说，短篇小说家大都擅长使用"突转"法。比如美国小说家欧·亨利、法国小说家莫泊桑等就是专以"突转"见长的高手。我们熟悉的《麦琪的礼物》《警察与赞美诗》《项链》等，无一不是用足蓄势，层层铺设，步步烘托，多方萦回迂徐，造成一种引而不发却又一触即发的情境，然后笔锋一转，一个意料之外却又情理之中的情节破空而出，让人拍案叫绝。

我们看看德国柯里德的一篇文章《第一瓶香槟酒》（郝平萍翻译）：

第一瓶香槟酒

当我爱上16岁的英格时，我正好17岁。我们是在游泳池里认识的。然后我拼命地鼓起勇气，开始定期地邀请我的英格去游泳或去冷饮店。

可是有一天英格告诉我，她对去冷饮店感到厌倦了。那是小孩子去的地方。她要正正经经地出去一趟，像她姐姐那样去喝一杯香槟酒。

我的耳朵里不停地重复着香槟酒这几个字。我仅有的零钱几乎都花完了。尽管如此，我仍不露声色，还用漫不经心的口气说："香槟酒，好呀，为什么不去喝一杯呢！"我的话似乎在表明，喝这种饮料对我来讲就像做任何一件理所当然的事一样。人在热恋中是什么都能装得出来的。

钱终于存够了。我带着热恋的人来到城里最好的一间酒吧。这里富丽堂皇，婉转动听的音乐在低声地围绕着我们。在这种高雅、朦胧的气氛里，我的胃也莫名其妙地作怪起来。

当我们在一张小桌旁就座后，我不得不集中精力，以免我和英格在大庭广众之中出丑。我把侍者唤来，激动之中尽可能用无所谓的口气要了一瓶香槟酒。侍者上了年纪，两边鬓角已经灰白，有一双亲切的眼睛。

他默默地弯下腰，认真而严肃地重复道："一瓶香槟酒，赶快。"

他是尊重我们的。在他的脸上没有一丝讽刺的笑容。看来我穿上姨妈送给我的西服和系上新的红领带是对的，周围的客人也都把我们看作成年人。不管怎样，我已17岁了。英格穿的是她姐姐的漂亮的黑色连衣裙。

侍者回来了，他用熟练的动作打开了用一块雪白的餐巾包裹着的酒瓶，然后，把冒着珍珠般泡沫的饮料倒进杯子里。太壮观了！我们仿佛置身在另一个世界里。"为了我们的爱情，干杯！"我说道，并举起杯子和英格碰杯。

喝第二杯时，我抚摸着英格的手，她不再抽回去了。喝第三杯时，她甚至允许我偷偷地吻她一下。香槟酒太棒了。英格说她已微醉了，我也同样浑身发热，可惜，酒已喝完了。我们还能再要一瓶吗？我偷偷望了一眼酒的价格表。哦，不行了。

"快一点来算账，先生。"我大声地喊道。真糟糕，我对自己的粗鲁既吃惊又骄傲。侍者来了，他把账单放在一个银盘子里，默默地将账单挪到桌上。当他转身走后，我拿过账单，读道：一瓶矿泉水加服务费共1.1马克。下面又写道：原谅我，孩子。你们尚未成年，不能喝酒，但我确实不想扫你们的兴，所以擅自给你们换了矿泉水。你们的侍者。

我的英格一辈子也不知道她喝的第一瓶香槟酒是矿泉水。

小说在前面百分之八十的部分，都是外松内紧，不疾不徐，按部就班地给我们安排情节。两位小主人公相识的浪漫，约会的甜蜜以及第一次喝香槟酒的刺激与兴奋，都给我们一种淡淡的温暖，甜甜的温馨。随着情节的推进，字里行间那种浪漫且甜蜜的气氛始终萦绕着读者，我们都差点忘了"少年们青涩的恋情是很容易受伤的"这一初始的担忧。但在文章的最后关头，当所有的读者都认为这对少年终于喝完了他们人生的第一瓶酒时，一个出乎众人意料的事情、爆炸性的包袱"醉人的香槟酒其实是矿泉水"作为核心细节给抖了出来，情节突转，顿时让文章的精彩度飙升了几个台阶。

而我们也在这一突转的情节中感受到很多耐人寻味的东西：年轻人爱情的青涩和纯真，老侍者的善良、智慧和人格力量，香槟酒（其实是矿泉水）的浓香和醉人……这一情节突转，不仅能打动人，又能折服人，同时还能吸引人。

因为有"蓄势在前，突转在后"，所以在运用突转手法时，"突转"不能晴空霹雳、空穴来风，要以渐变为基础，交代或暗示出突变的根据或内在因素。既要出人意料，但同时又必须符合情节发展的逻辑顺序和人物的性格特征。换句话说，情节突转，要在叙述的过程中自然形成，否则就会给人一种不真实感。

突转之所以能产生撼人心魄的力量，就在于"突转"使情节变化速度急，力度强，起伏陡峭。每一个核心细节的突转都让你感觉到一种意想不到的惊奇，但它又在情理之中。

总之，突转法可谓是写作技法中的不二法宝。学习此法时，蓄势要足，转折要陡。文章前后的落差越大，越能够震撼人心。

四、妙用误会，文贵随物宛转

记叙文的本质是讲故事。不同的人有不同的讲法，同一个故事也有不同的讲法，所谓"故事人人会讲，各有妙法不同"即为言此。日常生活中的许多日常事情是以生活本身的面貌呈现给我们的，所以它并没有特别的曲折和复杂，可是一旦我们把它的时序打乱，重新排列组合，并赋之文学的审美的诉求，那么，平淡无奇的生活也能产生震撼人心的美。因此，写作特别是记叙文的写作就有一个兴波澜、生变化的表述技巧和方法的问题。前人所云"有奇方可传，无巧不成书"即强调写作技法的重要。

这里，我要列举的是记叙文中常用的一种方法：误会巧合法。

首先，我们厘定一下"误会法"的内涵。所谓"误会法"，就是借助人物之间的各种误会（比如猜疑或者误解）来激化矛盾，推动情节发展，塑造人物形象的一种手法。

运用此种手法的关键，就是利用生活中的一些偶然事件来结构故事情节，看似不经意的一个手势，一个动作，一句话语，甚至是一种眼神，都有可能造成一场误会。而这种误会恰能将生活中隐藏着的矛盾集中起来，不断积聚、膨胀、冲突，给人一种高度的紧张感，然后在一个恰当的时机，将所有的误会解除，还原生活本身的面貌，让人唏嘘不已。

而"巧合"正是伴随着"误会"而出现的。因为巧合，所以生活中本互不关联的人、事、物，通过巧合这样一种独特的方式联系在一起了；因为"巧"，所以没有逻辑可言，没有合乎常理的推断和预设。因此，作品便有了戏剧性，便有了矛盾冲突，便有了奇事巧合，便有了波澜突起。

我们以《红楼梦》第二十六回《蜂腰桥设言传心事　潇湘馆春困发幽情》为例分析误会巧合法的运用：

却说那林黛玉听见贾政叫了宝玉去了，一日不回来，心中也替他忧虑。至晚饭后，闻得宝玉回来了，心里要找他问问是怎么样了。一步步行来，见宝钗进宝玉的院内去了，自己也便随后走了来。

——此其一巧合，宝钗也正好去看宝玉；而黛玉素闻宝玉和宝钗的事，以为宝玉钟情于宝钗，此刻，宝钗又去看望宝玉，此误会之一。

刚到了沁芳桥，只见各色水禽都在池中浴水，也认不出名色来，但见一个个文彩炫耀，好看异常，因而站住看了一会。再往怡红院来，只见院门关着，黛玉便以手叩门。谁知晴雯和碧痕正拌了嘴，没好气。

——此其二巧合，晴雯心里正火着呢。加之宝钗来访，那晴雯正把气移在宝钗身上，正在院内抱怨说："有事没事跑了来坐着，叫我们三更半夜的不得睡觉！"心中更是不快。于是听到有人（黛玉）敲门，晴雯越发动了气，也并不问是谁，便说道："都睡下了，明儿再来罢！"

林黛玉素知丫头们的情性，他们彼此顽耍惯了，恐怕院内的丫头没听真是他的声音，只当是别的丫头们来了，所以不开门，因而又高声说道："是我，还不开么？"晴雯偏生还没有听出来。

——此其三巧合，按说几姐妹经常在一起，彼此的声音是很熟悉的，能以声音辨人。晴雯也熟知黛玉的秉性的，知道是黛玉肯定不会使性子的，可晴雯愣是没有听出来。

（晴雯）便使性子说道："凭你是谁，二爷吩咐的，一概不许放人进来呢！"林黛玉听了，不觉气怔在门外，待要高声问他，逗起气来，自己又回思一番："虽说是舅母家如同自己家一样，到底是客边。如今父母双亡，无依无靠，现在他家依栖。如今认真淘气，也觉没趣。"一面想，一面又滚下泪珠来。

——误会由是产生，黛玉不仅对宝玉产生了误会，而且触动了自己丧家之痛，寄人篱下之感强烈。此误会之二。

（黛玉）正是回去不是，站着不是。正没主意，只听里面一阵笑语之声，细听一听，竟是宝玉、宝钗二人。

——更不得了，宝玉为了宝钗，不让黛玉入内！黛玉心中益发动了气，越想越伤感起来，"呜咽一声犹未了，落花满地鸟惊飞。"所谓感天动地，天人同悲。此误会之三。

话说林黛玉正自悲泣，忽听院门响处，只见宝钗出来了，宝玉袭人一群人送了出来。

——黛玉对宝玉自有一种情意在心，今自己拜访受阻，又见宝玉和宝钗开心有加。目送宝钗去了，宝玉等进去关了门，犹望着门洒了几点泪。误会进一步加深。此误会之四。

曹雪芹正是利用了巧合造成的误会，给宝黛爱情蒙上了一层悲剧的色彩，由此直接导致了后面林黛玉荷锄葬花及桃花坡上宝黛二人见面和解的情节，给人以强烈的感染力和吸引力。

没有巧合就没有误会。《红楼梦》中多次写这对相亲相爱的青年男女屡次巧合，屡次误会。一次误会，一次和解，两人的感情又进一层。总之，曹公正是在这种看似不经意的巧合和误会中，给我们展现了宝黛二人丰富多彩的情感世界以及可歌可泣的爱情悲剧，让读者不忍卒读。

在运用"误会法"的具体写作过程中，有时直接把真相交给读者，比如《红楼梦》第二十六回中的误会，读者都一清二楚——让读者带着清醒的认识去旁观小说人物因误会而造成的冲突。这种"当局者迷，旁观者清"的误会法，看得让人揪心，让人荡气回肠。

另一种便是读者和小说中的人物一同陷入"误会"的圈套。这样，读者也迷失其中，百思不得其解，直至误会解除才恍然大悟。这种手法，在一般的侦探和悬疑小说中常用。

至于"巧合法"，关键就在一个"巧"字。"巧"要"巧"得新颖，"巧"得别致，"巧"中有"合"。

我们以《林教头风雪山神庙》为例分析巧合法的妙用：

在文章开头，林教头巧遇李小二——此其一巧；

后写李小二巧遇陆虞候——此其二巧；

再写草料场巧遇大风雪——此其三巧；

林教头躲进山神庙，恰巧听到了仇人的谈话——此其四巧。

作者施耐庵连设巧合，环环相扣。每一个巧合的设置都为后面情节的展开作了伏笔：比如林教头巧遇李小二，就为下文写李小二知恩图报埋下伏笔。李小二巧遇陆虞候，便牵出了后文林教头上街买刀准备复仇的情节。正因为草料场巧遇大风雪，林教头才被迫夜里到山神庙安身；正因为北风刮得正紧，林教头才用大石头顶住庙门，从而听到了仇人的谈话，了解事情的真相。

而林教头的性格也正是在这一连串的巧合中逐渐变化，以致后来怒而杀敌，走上梁山，实现了性格上质的飞跃。

总之，在运用误会和巧合法的时候，不能因为追求新奇而失真。无论是误会还是巧合，都要求在符合情理的逻辑下演绎，只有符合现实生活的常理，符合人物性格发展的轨迹，才能使文章，误而不乱，巧而不伪；才能使故事情节波澜起伏，意味悠长。

2009 年 8—10 月完稿于苏州

第四辑

著手成春

世间的一切完美如谜

——序嵇明文集《在心中每天开出一朵花》

　　嵇明将先前创作的诗歌、小说、散文整理结集，我认为是一次自觉的文学行动，也是嵇明自我创作的一次全面描述和确认。或许，还有一种精神层面的回归和建构。所有这一切，都是为了嵇明以后的路走得更好！

　　我们生活的这个世界，既邈远寥廓又至微至简，既洞若观火又神秘如谜。大到宇宙星辰，小到花草尘埃，人居其间，总想摸索出一些人事。写作，大抵就是嵇明试探世界的方式之一。

　　嵇明有着强烈的表达欲望，有飞蛾扑火式的殉道精神！她是一位语文老师，对文字有着天然的敏锐和热望。在我们有限的几次接触中，嵇明给我的印象是：不善言谈，低调静穆，有着某种内在的力量。她善于用笔，她全部的生活和智慧都是用笔来表达的。同时，她的写作速度极快，往往是天一篇地一篇地写。用她自己的话说，就是"想写，想写，想写"！

稽明的文章，有内心的活力，也有生命的自白！她说："古城就像一位博古通今的先生，虽然总是一袭青衫，但每一次对话、倾听甚至是远远的相视而笑，都会带来如沐春风的豁然开朗。"（《古城教会我的》）她说："它们应该是习惯了那些轮回往复的磨难和突如其来的逆境，兵来将挡，水来土掩，渐渐锻炼出一颗独立自主的心。"（《五月的生长》）她说："当不同空间的人物在一个平台上，于明灭的灯光下，交相重叠后——这个三月，草长莺飞的日子，结束了连绵的阴雨，开启了小太阳，微辣，暖暖。我们可以贪婪地痴意于那空旷的广场上满目望不到的明媚，可以领略掠过自己脸庞与脖颈的轻柔，当然还可以听你唱完《牡丹亭》——这一曲悲欢！"（《三月天，只愿听你唱一曲悲欢》）种种迹象表明：稽明一直试图用自己的表达方式，来展示她对现实生活深刻的认知和感受！稽明与世俗生活保持着若即若离的距离，她善于在生活纷繁的表象下，探索最深沉的情感！善于深入生活和社会更深的层面，寻找万物背后的生命存在，为人生唱出最美的赞歌。

我想，稽明矢志不渝在追求一种理想，一种诗意栖居的希望。或者说，在寻找一种纯美的信仰。她不断地用文字表达这种寻找的努力，不断地描述她对于这种信仰的热盼，不断地表述她对生命意义的种种思考。

作家刘亮程的一句话，可以较好地说明稽明的精神状态："没有天堂，只有故土。"究竟是因为没有抵达天堂而遗憾，还是因为拥有故土而满足，我不得而知。但有一点可以肯定：稽明敏锐地觉察到了生命的成长是一个更高视阈上的哲学命题。所以，她的文章试图表现某种人生成长过程的体验以及生存之必须"出发"的生命意志，并以此来承担和消化外在的和精神的各种诱惑与冲击。她在检索自己人生历程的时候，或多或少有意无意地去关注人类整体性生存状态，这是一种真正主体精神的观照！

我们每个人都在人生的道路上踽踽前行，都在群体性的生存信念中反观个体的生命意识，在成长的过程中，奔向浩瀚、自由、自觉、真实的心灵。

稽明在对生活之谜和亲情人伦的表达中，携带着自己独特的生命密码：在与生活相互质疑和瓦解中，接近我们所寻求的意义，辨认个体生命经验中的神秘信息。这正好对应了她灵魂舞蹈的需要。

稽明有一组文字是记录她为人师后，与学生交往的点滴的。这一组文字应该受到稽明特别的关注和珍视。俗话说：这个世界不是缺少美，而是缺少发现美的眼睛。能在庸常的生活中取材，在我们最容易漠视的某个生活片段中，敏感地找到一个缺口，然后把它们萃取出来，用文字呈现出寻常生活的质朴之美、诗意之美，是难能可贵的。

稽明是一位有亲和力的老师，她的学生十分喜欢她。她常常带着她的学生参加作协组织的各种文学活动，让学生在这种氛围中去发现、去探究，从而由衷地爱上文学，爱上写作，由此可能改变一个人一生的走向。这种走向一定是丰富奇妙，充满爱和想象的。

我希望嵇明在这方面投入更多的精力和时间，并始终保持着抑或执着于犀利敏锐的感知力和对事物透彻的观照。做到了这些，嵇明应该就会拥有一种叩击人心的力量！

曾经有人询问沈从文先生："你为什么要写作？"沈先生说："因为我活到这世界里有所爱。美丽、清洁、智慧，以及对全人类幸福的幻影，皆永远觉得是一种德行，也因此永远使我对它崇拜和倾心。这点情绪同宗教情绪完全一样。这点情绪促我来写作，不断地写，没有厌倦，只因为我将在各个作品各种形式里，表现我对于这个道德的努力。人事能够燃起我感情的太多了，我的写作就是颂扬一切与我同在的人类美丽与智慧。"这是大师思想的深刻之处，也是他异于常人的地方！

我想，沈先生的话，一定会给嵇明深刻的启发。比如，嵇明的写作还可以更从容一点，对生活的开掘还可以更深刻一点，对文字的掌控还可以更自然一点……充满变数的人生，出其不意的生命，太多太多的场景，理应伴随着对探究世界奥秘的自觉和醒识。

自然，我也不期望一个年轻写作者的创作十全十美，也没有必要完美。创作者只要坚守自己的特点，将自己的所长发挥到极致。假以时日，嵇明将有更大的作为！

审美感悟的内容，原本是无法言说的，它只能显现。审美主体只能在审美活动过程中悟入冥契，就如宋代著名禅师大慧宗杲所说的"自悟自证"。同样，这种冥契之所得，也是难以用语言传达的。由此看来，我的这些文字又是多余的。

是为序！

2018 年 12 月 31 日于苏州

文学的山川、大海和蓝天

——序文集《玖忆》

在我看来，一切与文学有关的相遇，都是美好的。

所以，当胡小佳老师拿着苏州高新区实验初级中学二〇一九级二十九班学生写的厚厚的一叠《玖忆》，让我给同学们写几句话时，我由衷地为同学们感到高兴，并欣然接受。当然，胡小佳老师也没有给我不欣然接受的机会。她知道，我乐意做这样的事情，喜欢与青年学生交流。（"青年学生"，这语气，多像很多年前的那些人生导师呀。本人虽则已然昂首阔步迈进人生中年行列，但内心深处一直认为自己还是个宝宝。）其实，谁不喜欢呢？特别是当你面对一群热爱文学、充满生机与活力的小朋友时，不由得不让人心生愉悦。

据某位不愿透露姓名的人说，胡小佳带的这个班级，与学校另一个班级，被誉为实验初中这一届的"火箭军"。众所周知，"火箭军"就是以前的"二炮"。"二炮"堪比古希腊神话中的

"达摩克利斯"之剑，是震慑敌人最强有力的撒手锏，是大国地位的战略支撑，是维护国家安全的重要基石。基于此，这两个班级的学生，不在江湖上留下点传说啥的，实在是说不过去。

好在，天地有荣枯，江湖多风波。尺水兴波，江湖从来就不缺乏故事。就比如袁雨欣，比如潘朵娜，比如周熹，比如刘以恒，比如刘茹艺，比如顾晔，比如蔡涵昱，比如滕子萱，比如邵思贤，比如田梓沄，比如顾超翔，比如韩奕嘉，比如蔡滢伊，比如鲁婕妤，比如邱书妍，比如钟晓月、比如王祚鹏，比如许泽涛……（此处省去三十二个名字）

之所以对这些名字如雷贯耳，是因为胡小佳在批改学生平时作文遇到精妙文章时，总要拿出来让我评品一番。我曾经在江苏省苏州实验中学做过七年的语文教师，江苏省苏州实验中学和苏州高新区实验初级中学，同为高新区"实验系"学校，具有相似的基因、相同的气质，拥有共同的人文情怀和熟悉的教育品位。所以，胡小佳的学生，我常常疑心也是我的学生。

就这样，我对胡小佳的这一届学生，有了一个整体而深刻的认知。

他们是健康的、快乐的、平和的、向上的。这一点，通过他们的文字，有深刻而精妙的展示。他们由诸多散点构建了人生坐标的集合。袁雨欣说："他身处黑暗，却仰望灯火。在这黯淡的世间，万物皆低，只有灯火高于一切。"（《灯火》）顾超翔说："只有心里有支欢乐的歌，才能唱出欢乐的歌！"（《心中有支欢乐的歌》）邵思贤说："因为那一片灯火，连接的是千片灯火，万片灯火，是整个世界的灯火。"（《那片灯火》）许泽涛说："但我知道，除了金秋浓烈的花香让我感受到你的存在，平日里，风中的沙沙声是你，雨中的沥沥声是你，而我梦中甜甜的笑声更是你。"（《倾听黄昏中的桂花树》）姚逸说："如果有来生，我想活成一棵小草，活成一棵坚强的小草。"（《如果有来生，我想做一棵小草》）刘以恒说："这是幸福的声音啊！外婆，有你的陪伴，我们大家的生活都有条不紊了许多。多睡一会儿吧，明儿还要忙呢……"（《幸福有声音》）卜天成说："人生如行舟，每个人都并非独坐一叶孤舟与滔滔洪流搏斗。不断前进，寻找机遇，你才能遇到自己的摆渡人，驶向光明的彼岸。"（《寻找自己的摆渡人》）……类似的描述还有很多，不能一一列举。这些文字，健康而热烈，拥有一种向上的气象。种种迹象表明，同学们都试图用自己手中的如椽大笔，大胆而深切地开拓这浩浩荡荡的人间。在框定的边界内寻找那些根植于大地的宽慰，因而新鲜、甜蜜，充满喜悦。正如周熹在《醉叙姑苏情》中写的太公和姥太，活灵活现，呼之欲出。老一辈人之间沉沉的爱，总是不露声色地融入日常生活的点点滴滴，他们的恬淡和静美，给我们带来了不同维度的裨益。

　　他们有一定的腔调和趣味。在写作中，腔调和趣味理应比"批判的武器"和"武器的批判"要受到我们格外的珍视。我们所处的时代，文学拥有广阔的天地。这就要求，每一个喜爱文学的人，都要确立、拓展自己对这个世界的知觉、感觉，渐渐地你就会找到适合自己的表达，从而发出自己的声音。这就是写作的"腔调"。

我以袁雨欣的《馄饨·面》为例。她在《馄饨·面》里讲"一楼婆婆"煮面的情形时，写道："说罢，便拿出洗好的菜，放在一边。在锅里下一遍油，叉着腰等油热起来，下一块大排，看着大排炯红了，就兑上水，撒上姜，倒上老抽。黑褐色的酱油裹着大排，滋滋地冒着烟气。小火慢炖，炖出点幸福的感觉时，就起锅，晾在一边。涮一遍铁锅，倒上水，勾了面条。面条渐渐变软，化在水中一般，像天边的云彩。敲上一个鸡蛋，蛋白就如云一般，中间画着一个小太阳。等那面、葱、盐都能像鸡蛋一般能流、能坠、能在碗里滑了，就铺上大排，闷着锅熬着。

"肉香与面香都从锅盖的细缝里溜出来时，就小心翼翼地盛出来。那白烟朦胧着瓷碗……"

这就是苏州的调性，江南的调性。日常生活的活色鲜香，被袁雨欣的神来之笔描摹出，特别的生动、特别的细腻、特别的美。

袁雨欣有一个宽阔的、敏锐的、有力的知觉结构。倘若对细节没有足够的敏感度，对作品没有纯净和唯美的追求，是写不出这样的文字的。袁雨欣对《红楼梦》也很有兴趣。胡小佳曾经给我发过一篇袁雨欣写的《红楼梦》读书札记，她确实对《红楼梦》有自己独到的见解，这很难得，也弥足珍贵。我记得二○二○年十二月的一个周五晚上，我参加苏州高新区图书馆"夜·读"系列阅读推广活动——"夜读红楼：《红楼梦》里的苏州"时，就有袁雨欣及她的一拨同学参加。我其实是很鼓励学生经常参加一些读书或者写作的活动的，我曾经在给嵇明老师的文集写序的时候，说过"让学生在这种氛围中去发现、去探究，从而由衷地爱上文学，爱上写作，由此可能改变一个人一生的走向。这种走向一定是丰富奇妙，充满爱和想象的"。

趣味是另一个重要的美学范畴。它具有一种先验性，审美主体在进入审美活动之前，其自身所具有的经验，以及周围环境等因素的影响，使得主体会在接触审美对象之前，形成一种先入为主的趣味。趣味在潘朵娜的文章里有比较集中的诠释。她说："一落笔，颜料便迅速地晕染，扩散——这是河。双桥就是她最好的发簪，白玉的骨，浅浅地透出历史的沉淀。几棵油菜花在风中摇晃，青翠的柳枝拂过，带来白兰花的香。这是水墨的江南，质朴到我不敢在上面随意添加任何别的色彩；素雅到我时刻心怀虔诚，唯恐破坏这自然的天成。"（《我们在信中长大》）她还说："每只埧，都是守望的头颅，上面的小孔，原都是眺望的眼睛。亲爱的埧，我愿你的欢唱，永远在阳光下流淌。"（《埧的期待》）她最后说："而现在，令我动容的是，走在伞下回想从前，雨在头上喧哗，陪伴着我走向雨中的雨。"（《雨中的园》）显而易见的语言才华，独特的观察世界的角度，"有我之境"的情感张力，通过长期的修炼，多种力量的碰撞、拥抱和相互渗透，潘朵娜获得了一种穿透实物外在的能力。

他们在描述文学的山川、大海和蓝天。我曾经在给中学生进行文学讲座的时候，不止一次鼓动同学们深入了解自己读书的学校。了解一座学校，特别是培养我们的学校的前世今生，本质上是在了解自己，是在了解那个生活在遥远时光里的自己。我同时也建议同学们写一写自己的校园，一年写四次，分秋、冬、春、夏。如果你从小学三年级就开始写校园，那么到你大学毕业，你已经写了五十六次校园。很多年以后，当你回过头来看看自己写的校园的时候，你会惊讶地发现，这些珍贵的记忆就是你今生今世成长的证据。同时，你也替学校保存了一份难能可贵的纯真和梦想。

这个主意包含两方面的意思：首先要有对事物独特而准确的观察；然后，再用恰当的文字对所观察到的事物加以艺术地叙述。每个人都有只属于自己的奇妙的世界，甚至是另外一个世界。比如莫言的东北高密乡，贾平凹的商州、秦岭，刘亮程的沙湾、福克纳的约克纳帕塔法县……他们都用文学的山川、大海和蓝天，重构了一个与他人完全不同的世界。作家刘亮程说："每一个伟大的作家，甚至每一个还可以的作家，都在根据自己的规则来构造世界。"

袁雨欣《铁骨红》中的可园，顾晔《长流天地间》的留园，蔡涵昱、邵思贤、刘以恒的石湖，潘朵娜雨中的拙政园，钟晓月的泰伯庙，周熹的古镇，邓俊祺的廊桥，鲁婕好、韩奕嘉、滕子萱的江南风物……还有很多同学抒写的苏州的一草一木，他们如星辰一般，散布在字里行间。这些与我们生活、精神血脉相连的事与物，奇妙而又自然地发生、交叠，带来了庸常浮泛之外另一种难以言尽的可能性。

这种可能性，大大拓展了我们的精神图景。

总而言之一句话，胡小佳带的这届学生，是一群上晓天文、下知地理、文能安邦治国、武能驰骋沙场、谈笑帷幄之间、决胜千里之外的人物。他们都在自己的黄金时代，对自己的精神世界进行了一次系统梳理和表达。用《毛诗序》的话说，就是"以一国之事，系一人之本"，"言天下之事，形四方之风"。希望我这段对同学们完全不切实际的溢美之词，有如盖世神功附体，助你们在今后越来越强烈的现实挑战和冲击中，从容应对，清丽俊朗。

最后，感谢同学们给了我这么多纯美的感受。

祝你们每一个人前程似锦，不负流年！

期望你们每一个人，将来不论从事何种职业、走在何方，都能用知识、技能、态度和长期的品质，给自己营造一个温馨宁静诗意的港湾。

期望你们每一个人都能以健康的心态、丰盈的热情、自由的意志面对生活，善待生命。

之所以不是期望大家，而是每一个人，用阿根廷文学大师博尔赫斯的话说，"是因为大家这个概念是抽象的，而每一个人则是真实的。"

这是我的祝愿，不多不少，仅此而已。

2022年5月17日完稿于苏州

人在江湖

——说说黄智添的文字

这个题目，颇有些匪气。因为江湖多血腥，用它来形容一位尚在小学六年级读书的小朋友的文章，似乎不太合适。但真正属于侠客的，也只能是江湖。所以，当我屏声静气阅读完近二百篇满是天真、满是童趣、满是自然清越之音的短文后，脑海里首先闪现的便是这豪情万丈柔情千种的"江湖"，我甚至想到了千古文人侠客梦。当然，如果还想深些，我或许会忆起《庄子·大宗师》篇里"泉涸，鱼相与处于陆，相呴以湿，相濡以沫，不如相忘于江湖"的话来。

黄智添小朋友是有独门绝招的。

我曾于一个秋日的黄昏，见智添小朋友以臂作刀，在虚空中左砍右劈，双腿作骑马状哐当哐当，在暮色苍茫中绝尘而去——奔向希望和未来。

智添小朋友的老爹搜集整理了智添小朋友从一年级到五年级

写的一些习作，洋洋洒洒近十万字，给我们展现了一幅质朴率真同时又充满欢声笑语的智添成长图。爱子之情，用心良苦。

智添小朋友的老爹和我相熟，我们交过手，此人武功了得，俨然江湖中一对一的武林高手，他剑法诡异，躲闪腾挪，变幻万端；人又极老实，常以憨厚之表象迷惑对手，于无形中以四两之功化敌千钧之力。江湖中追随他的人成群结队，一时间，天下尽"黄徒"。

俗话说得好：虎父无犬子，强将无弱兵。智添小朋友的老爹在智添小朋友三、四年级的时候就把他推入擂台，和初中一对一的高手过招。据说，智添小朋友出手便是狠招，三下五除二，铲掉了高手一大半。当然，智添小朋友也有失手的时候，话说五年级时，他试图再次与初中的高手过招，结果是别人都打完了，他连擂台都没找到。据说他老爹扣了他闯荡江湖的二十块大洋，把智添小朋友心疼了很久。

因俗事缠身，一直抽不出完整的时间去阅读那些文字，但每一次阅读都给我惊喜。不得不佩服，智添小朋友身上竟能汹涌蓬勃出那么多元素；不可否认，他有一种鲜见的品质。

智添小朋友曾对他老爹说，"其实我的文章，结尾写得不错。"他老爹顿时就沉浸到那娇羞、那妩媚、那得意、那自豪之中了。当然，最后免不了教育告诫一番："你小子，谦虚一点，江湖中高手无时不在。"还有一次，智添小朋友又对他老爹说："其实我的文章，开头也写得不错。"他老爹这次忍住没有笑出声来，但见笑靥如花，彩云朵朵。当然，我完全相信，在此后的某一时刻，智添小朋友一定会对他老爹说："其实我的文章，中间写得也不错。"也不知那时，他老爹会自豪成啥样！

智添小朋友还年轻（废话，小朋友目前正读小学六年级，能不年轻吗？），因为年轻，所以文章真情。可以这样说，阅历愈浅，文章中显现的性情便愈真。他以童心看世界，故世界真挚；他以真挚描生活，故生活意趣；他以意趣著文章，故文章高致。他就这样带着我，走近花香鸟语，走近草木虫鱼，走近那些至今仍保留我体温的消逝了的旧时光景。阅读那些文字，我时常疑惑：我正一遍遍经历谁的童年。

当然，我希望智添小朋友有更大的情怀。他和伙伴一起逗蜗牛，他的伙伴还伤害到了蜗牛，甚至还踩蜗牛，智添小朋友也曾用玩具枪驱赶闯入自家阳台的一只螳螂。虽然智添小朋友在文章的最后都表达了对这些小动物们的担心，但我想来这还不够。结束生命的权力只能交给自然，我们是无权剥夺任何生命的生存权利的。

当有一天，智添小朋友开始以大爱和悲悯的眼光放眼江湖时，他就真正无敌了。

最后，请允许我借用江湖中流行的一句话来结束我这篇不像文章的文章：智添小朋友还未进江湖，江湖已有他的传说。

这是我的期盼，也是智添小朋友应该努力的地方。

2010年12月12日于苏州

有一个人便有一种散文

——散文集《一个村庄的眼睛》后记

这话是梁实秋老先生说的。它正好印证了我很久以前的一个想法：每一位写作者都应该写出独一无二的只属于自己、别人无法复制也无法企及的东西。写了这么多年，我才发现，这是一件非常困难的事情。这也提醒了我，写作是一件需要用心去做的事。

二〇〇三年四月，给朋友沧浪校对他的散文集《从故乡出发》的书稿时，沧浪就不止一次鼓动我，同出同出。那时，离大学毕业还有两个月。沧浪有诗人的气质，很有才情，在大学校园里，是一把创作好手。

当时，我已经发表了一百多篇文章，四十余万字。那时的写作目的也很功利，一是挣点稿费，补贴自己的生活；二是毕业找工作的时候多一些筹码和资本。事实上，这两个目的都已经达到了。我想，我之所以能在强手如云的竞争中被江苏省苏州实验中学录用，完全是因为我的那些"豆腐块"所透露出来的谜一样的光芒。

后来就毕业了，沧浪的书也赶在毕业前如期付梓。而我，怀揣着那些稚嫩的文字远赴了江南一个温婉的古镇。那时候，我不知道我的写作能坚持多久，能走多远。如今，七年弹指一挥间。在回顾整理自己发表的那些文章的时候，我发现，我的写作并没有因此错过任何一个季节。我坚持下来了。从第一篇文字变成铅字到现在，我的写作坚持了十一年。十一年，理应有大气象大作为。但我发现，我仅仅养成了写作和阅读的习惯而已。有人说，习惯决定命运。由此看来，写作成了我的宿命。

由此，我萌生了出集子的想法，大约每一位写作者，写着写着，便有了这种想法。

这是我的第一本散文集，我相信，这只是开始。集子里收录的文章，是我从一九九九年上大学开始到现在二〇一〇年十一年间写的一些散文的选编。绝大部分都发表过，我要向那些默默付出的我认识和不认识的编辑老师表达我的敬意，也正是他们无私的付出，让我爱上了文学并在这条道路上坚持了这么多年。还有一些文章没有发表过，但它们对我，具有同样的意义。因为它们都保存了我关于时间，关于生命，关于自然，关于这个世界的所有思考和记忆。大学时代写的一些篇什，我保持了它们的原样，稚嫩是必然的。但它们携带了我那时的基因和密码，保存了我大学时代无端的玄思，它们成了一种见证，一种传承，成了我写作不可或缺的一部分。

首先要感谢江苏省苏州实验中学尤文亮校长，感谢他给我的信任、鼓励和包容。他是我的领导，也是我的长辈，他的从容俊朗以及对我的帮助和关怀，是一笔永远的精神财富。同时，还要感谢江苏省苏州实验中学语文教研组全体同仁。是他们让我在异地他乡感到了家的温暖。他们的友善，他们的真诚，他们的纯净，让我在任何时候都对生活充满信心和希望。一直以来，新苏州发展研究院常务副院长、苏州市民间文艺家协会主席徐卓人女士对我的文学创作给予了极大的关注，对我本人的进步付出了非常珍贵的热忱和关怀、鼓励和栽培，在繁忙的创作及工作之余，她抽出宝贵的时间欣然为本书作序。感谢我的老同学老朋友、文学博士史如一，感谢他在居无定所漂泊流离的间隙仍挤出时间为本书写跋。感谢始终如父辈似兄长支持我的卢强、徐连根、张军、徐忠南、于其、周光辉、胡学文、黄广翔、杨宇学、范志国等同事。感谢我的师傅赵彦、花志红、陆子建老师。感谢苏州高新区教研室顾晓白主任。感谢学校办公室主任顾予群、副主任王维兵。感谢苏州高新区东渚中学发展中心主任、兄弟黄进风。感谢康绍霞、黄育青、蔡衡臻、袁彩荣、帖步霞、王朕、彭仁杰、韩磊、吉军辉、郑祺等众多朋友的支持。他们是我一生的财富。本书得以出版，还要感谢韩树俊先生，他为本书的出版出谋划策，做了大量的实质性工作。感谢美编杨涛先生，我想我永远忘不了，他在北京，我在苏州，我们俩从晚上十点多校稿到凌晨三点多的情形。最后感谢一直支持我的家人，我的兄弟姐妹，感谢他们给我的幸福和快乐！

如果这本集子能得到一些读者的肯定，我则希望读者能同时了解我的同事、朋友、家人对于我所付出的非常热情的关怀。

"比清晨更早的声音"辑里的文章，是我对乡村的一种凝望。在落日下，在黑夜中，无论我在何处，面对日落的方向，都能看见我的故乡。这种凝望的姿态让我能清楚地回忆起乡村的每一个细节，甚至是一滴雨露滑过叶片的声音。故乡给了我最初的断想。我一直固执地认为：乡村是散文的故乡。所以，这一辑里，既有乡村的风物，又有乡村的人情，更重要的是，我想表达出乡村的一种精神。一种纯澈无华、朴素干净的生存状态。我希望，我能深入到乡村的本质中去，并由此看到整个世界。

"这辈子，我还能见爹娘几次"是一辑专写我父母姊妹乡亲的文章。怀念村庄，本质上是怀念村庄里的人。我小学高年级的时候转到离家六十余里的镇上念书，高中在离家近三百里的县城念书，大学在州府，工作在千里之外的江南古镇，我是一步一步远离了故乡，远离了父母、亲人和乡亲。我在村庄里度过了我人生最初的十二年，无忧无虑的十二年。和我朝夕相处的，除了家人还有我家的那头老黄牛。在我们村庄，一个孩童是无法回避牛的。如果哪户人家生了个男孩，别人问起的时候，必定无比炫耀地回答生了个"放牛娃"。每日清晨和傍晚，我都要和我家的老黄牛跑遍周围的那些山头。牛是我的向导和老师，它比我更熟悉那些环境，它知道每一处茅草、每一个水洼的位置，它知道哪些草鲜嫩，哪些草养牛。它同时知道，凡雄家的那头花母牛会准点出现在哪里。我跟在老黄牛的身后，开始认识阳光、白云、河流、岩石、风、雨、路、树、花、草、鸟、虫。我以这种姿态收获了世界。那里，可以听见山下河流的声响。那些从遥远地方刮来的风，飒飒地吹过树林。老黄牛后来被卖了，因为它老了不能再犁田了。从牛圈里牵它出来的时候，它一个劲地流泪。母亲首先忍不住哭了起来，接着二姐也哭了。一时间，家里所有的女性都哭了。我默默地跟在牛的后面，一如往昔我放它的时候。一直目送着它走出我们天天厮磨的山头。这是童年让我记忆最深刻的事情之一。如果硬得和文学扯上钩，那我和老黄牛满山头地跑，构成了我对文学最初的眺望。

"今夜，四周这么寂寞"和"一个人的远行"两辑，是我思想和身体的一次次远行和穿透。破万卷书，行万里路，是古代读书人努力践行的最高准则。我希望，我能与古人读书行事靠得近些、更近些。无论是深夜的阅读还是闲时的旅行，它们都能将我带到更加渺远的天空，让我从更高更远的地方反观生存、生活和生命。

"无处告别"一辑里，主要是记录我学习生涯的一些零星事情以及与校园有关的人和事。我读书十八年整，工作教书七整年，共有二十五年没有离开过学校。从某种意义上说，学校成了我的另一个故乡，一个可以安顿灵魂的诗意居所。二〇一〇年七月，我被苏州高新区党工委研究室调用，才算真正离开校园。在此，我要感谢研究室领导黄锋主任，他给了我一个新的起点和平台，让我能以更高的视阈审视生活和人生。他博学慎思、刚健尚中，不止一次鼓励我坚持写作，睿智之言，如沐春风。感谢王骏副主任、刘卫刚处长的悉心提点和关怀；感谢沙莎热心而真诚的帮助；刘东是我在江苏省苏州实验中学工作时的兄弟，现在又是我的同事，他给了我很多纯挚的指点，我铭记于心。第一次踏进校园，我尚是懵懂无知的少年；当我离开的时候，已到了一日不刮胡子便面目可憎的年纪。如果我能长命百岁，我可以自豪地说：我把人生的四分之一光景献给了校园。

我写了五年的诗歌，也写过一些小说，但我主要的精力是散文写作。我认为，写散文形式上是对话，本质上是激活。它是一次愉悦的旅程，是情感的一种需要和满足。用文学的山川、大海和蓝天，对生命进行终极意义的叩寻，对自身生存状态与命运进行全方位的深层观照，并在本源时间意识的觉醒中，在哲学层面挽救自然万物的生命，包括一株草、一棵树、一只虫子，是我散文写作的出发点，也是最终归宿。同时，我希望它是朴素的自然的，你读了我的文章后或会心一笑或掩卷沉思。我知道，要做到这些不是一件容易的事情。你相信我，我会继续努力的。

我的写作是真诚的。只要是真诚写作，无论你身居何处，你都会走入心灵深处。

2010年10月10日于苏州

一本书的想法、欲望和尊严

——说说《一个一个人》的装帧设计

　　每当想起我与《一个一个人》奇异相遇的情形，脑海里不由自主地浮现出美国天文学家、天体物理学家、科幻作家卡尔·萨根的一句话："太空浩瀚，岁月悠长，我始终乐于和她分享同一颗行星和同一个时代。"同样的，我始终乐于和大家分享同一本书，以及这本书传递出来的一个时代的体温。

　　那是二〇二一年六月的一天清晨，我早早来到了苏州高新区图书馆。稍后，我将去参加一个学生的采风游学活动。当时，离出发尚有十来分钟的样子。我便闲步踱到位于图书馆一楼的合方书店，漫无目的地随便逛逛。这样微小细碎的时光，总是充满各种惊喜和美好。转角遇到爱，大约也脱不了这样的境遇。

　　这本由湖南文艺出版社二〇一五年六月第一版、二〇一七年四月第三次印刷出版的《一个一个人》（精装本），就这样闯进了我的阅读视野。

其时，她混在一堆新书中间，整整齐齐地排在书架上，只露出书脊窄窄的一溜。我知道，她在等我到来，我也在等她。任何一本书和读者之间，都是一场心甘情愿的双向奔赴。我之所以能在众多的新书中一眼发现她，除了这种既定的缘分外，还因为她与众不同的气息。

　　书脊微黄泛白，书名、作者、出版社等信息俱在，与日常遇到的图书并无二致。最紧要的是，书脊左上部有一六厘米左右长、二分之一书脊宽（大约七八毫米）的深黄色长方形区域；书脊右中部，也有差不多大小同样颜色的一块区域，这块区域中偏下还有半小团焦黑晕染。这两块深黄区域光滑明亮能反射灯光，于我十分熟悉。平时不小心弄坏图书，我通常也会用透明胶带修补。透明胶带年深日久自然老化，便显出这种深黄透亮的光来。两块修补图书的深黄的"透明胶带"出现在新书的书脊上，散发出神秘而幽深的气场，立刻引起了我的强烈好奇和惊疑。我以为，我遇到了一本旧书，手不由自主地伸了出去。在我的印象中，倘若不是专营旧书的古旧书店，出售一本旧书，总让人觉得怪异。

　　事实上，这本书的装帧设计给了我未曾有过的冲击与想象。虽然我平时读书买书，很注重书给我的感觉，包括翻阅方式、设计语言、阅读形态等，但是《一个一个人》的出现还是惊艳到了我，可以毫不夸张地说，它颠覆了我对书籍设计的惯常认知。设计者以独特的艺术视角和审美个性，充分展现了书籍设计艺术的多元叙事方式，具有革故鼎新的先锋性和实验性。在这本书里，书籍设计已深入文本内部，成为文本不可或缺的一部分，"思想与手段齐一，形式与内容不二"。设计师让一本书拥有了自己的想法、欲望和尊严。

《一个一个人》是一部纪实散文集，作者申赋渔，书籍设计朱赢椿、杨杰芳。

一、想法：匠心独运的"随意"之作

申赋渔是著名专栏作家。一九八八年，十八岁的他没有考上大学，便从家乡申村出走，为生计，也为梦想四处奔走。他到过无锡、广州、佛山、珠海、北京……最后在南京立住脚跟；他当过木工、油漆工、搬运工……生活在社会底层，但他从未放弃过阅读。后来，他看到南京大学作家班招生，报名如愿考上，于是当了记者，最后成了作家。他的作品特别关注身边的普通人抑或那些被遗忘、行将消失的人群。作品因此质朴、真诚，饱含悲悯之心，有一种内在的震撼人心的力量。

《一个一个人》是一本属于时间、属于过去的书。全书采用编年体顺序，记叙了三十多年间出现在作者生命里的一个一个的普通人，时间跨越两个世纪，从二十世纪七十年代末到二十一世纪头十二年。农民、工人、记者、商人、诗人等一个一个小人物，在跌宕起伏的时代里摸爬滚打。他们小心、谨慎、卑微、迷茫、挣扎、隐忍、奋进，既是时代淘洗的一颗颗砂砾，又如一颗一颗星星，构成了"我们时代的天空"。

设计师朱嬴椿准确捕捉到氤氲在字里行间的厚厚的光阴。他想营造一种"审美场"，一种沧桑、杂芜、斑驳的时间的回响，一种读者一看见书，就立即沉浸其中、久久不能逃离的深渊。

这是一本"破损斑驳的旧书"。整本书主体色调泛黄，且颜色不均，从封面到正文，纸张都是经风雨剥蚀的那种黄，随处可见时间催生的种种陈旧印迹："霉斑""裂纹""洇墨"……

书的外观，除了书脊上有两处"透明胶带""修复"的模样外，封面书名的右上方、封底的左上角，也各有一处用"透明胶带""修补"，封面的稍长，封底的略短；两处深黄区域的"修补"更显"随意"，"透明胶带"的一端就像一时找不到剪刀而用牙齿咬断的感觉，呈三角状；另一端都折到背面去了。这两处深黄区域里均有一条清晰可见的"裂纹"，让"修复"显得必要且逼真。事实上，封面和封底，还可以看到各有大约五毫米宽的深黄长方形区域，一处是书脊右中部"修补"的"透明胶带"向封面折去的部分；一处是书脊左上部"修补"的"透明胶带"向封底折去的部分。封面书名《一个一个人》宋体竖排，最后一个字"人"的左侧，是"手写"的"1979—2012"。

打开封面，封二和环衬空无一字，只有星星点点"霉菌"暗点深浅不一浓密不均地分布在土黄的纸张上面，像极了平时我们见到的图书受潮发霉的样子。夹衬两页上，画了很多不规则的五角星形，五角星形用铅笔一笔画成，大小不一。上学那会儿，我们刚学会画五角星形，常会随便找一张纸做这样的练习，恣意而随性。

这是一本"独创己见的奇书"。发前人未发之秘，辟前人未辟之境。朱赢椿的与众不同，就在于此。《一个一个人》扉页上的书名，朱赢椿专门请了古琴演奏家成公亮先生题写。成公亮先生是中国古琴界泰斗级的人物，他的琴声曾被德国《法兰克福评论》称赞为"从大自然中偷听来的音响和动静"。成公亮先生并非书法家，题写的"一个一个人"拙朴、生动。先用黑墨书写，大约不甚满意，因为第一个"个"的第二笔、第三笔都写得太短，第二个"个"的第二笔也写得细短，两个字结构失衡，成先生便又用红墨把书名描了一遍。于是，整个书名黑红相间，两色墨汁晕染，稚拙浑然。书名的左边是书中出现的一个一个人的名字，也是成先生写的。它们就像初生的娃娃，一个个憨态可掬，有赤子一样的情怀。成先生的字力透纸背，文字及墨的晕染皆从纸的背面透过去，生出别样的情状。

在本书的最后一篇文章《2012：一个设计这本书的人》中可以得知，《一个一个人》的平装本是一本没有封面的书。书的第一页就是精装本扉页的背面那一页，成公亮先生题写的书名及书中人物名字的笔墨透过发黄的纸张，将三十年家国，一个一个普通人的当时代史，徐徐展开……

设计师朱赢椿说："书法家写的字都太正统了，我们想要找一个很想要写毛笔字，可就是怎么都写不太好的人。后来找到我的忘年交——古琴家成公亮先生写了这些，他写成什么样，我们就用什么样。结果读者都很喜欢成老师的字，没有匠气。"

扉页后的衬纸，正面右上角，有红色签字笔"手写"的"1979—2012"；背面左上角，有用蓝色细钢笔"手写"的"这是申赋渔的第四本书"字样。墨水稍多，有些字的笔画沁纸。

封三，设计师制作了一个装借书卡的小黄纸袋。纸袋上写着"读者注意"事项以及图书分类、编号、登记号。纸袋中的借书卡，命名为"随园书坊借书登记卡"，有书码、书名、登记码、借者、借期、还期等信息。这些设计，立刻让人浸入泡图书馆的幸福日子。岁月绵长、读书佳美，人生的甜蜜大抵如此。

这是一本"幽默风趣的异书"。整本书的外观，最夺人眼球的还是大红的腰封。据说，腰封是应出版方的要求做的，不然在书店里太像旧书了。朱赢椿采纳了这个意见，他想"破一下这个氛围"。腰封上有一句广告语，也是朱赢椿想的："本书还没有找到一个人推荐"。广告语宋体竖排，"到"和"人"中间，故意漏掉"一个"两个字，然后用黑色签字笔在"到"和"人"的左侧，画一个大大的插入符号"＞"，"手写"了两个字"一个"。其"随意"程度，让人忍俊不禁。

这些设计语言、设计元素，充满了生命的气息，让一本书一下子"活"了起来。朱赢椿正是用这些看似随意，实则独具匠心、苦心经营的细节，把光阴的逼近表现得纤毫毕现，令凝固在文字里的时光流动起来。由此，《一个一个人》萌生了自己的想法，它作为一本书的形象，独立、饱满、充盈、刚健。

二、欲望：奇思妙想的叙事方式

朱赢椿有一种发自内心对书籍设计审美的追求与渴望，即"求美的欲望"。这种欲望具有自由性，有重要的精神价值。它们作为天赋和才能、作为自然力和生命力，存在于朱赢椿身上。

《一个一个人》展现的旧时光阴里的流水年长，书中那些被遗弃、被损害的小人物的命运，与整本书设计的"古旧感"相为表里。打开正文，一个一个惊喜接踵而至。你不得不感叹，这些设计，非奇思不能如此，非妙想不能为也。

美国学者费希尔指出："我们的世界充满了故事，人类所有形式的交往都可以看作是叙事的。"朱赢椿以非同一般的洞察力，深刻把握叙事思维的空间维度和时间元素，形成了自己独特的书籍设计叙事方式。他认为："设计是不动声色的，作为一个设计师，还是应该默默隐藏在书的背后，从书的内容本身去挖掘一些东西，把它表达出来，这些设计仿佛是从书里面的内容里生长出来一样。"

由此，我们不单单从作者文字的描述中感受到，而且从不露痕迹的书籍设计的细节中感受到，那个年代那些普普通通的人的喜怒哀乐、离合悲欢。仿佛我们也曾经历过，那些场景是自己的前世。

这是一幅生动的时代蝶变画卷。书中，我们可以看见过去三十多年间最有时代气息的印迹，这些时代的烙印连缀在一起，构成了一幅生动鲜活的中国社会发展的绚烂图景。

比如小人书，比如"大前门"烟盒，比如磁带的歌纸……

小人书《鸡毛信》的彩色封面，出现在《1981：一个撕光小人书的人》一文前。小人书又称连环画，是几代人成长的精神图谱，它与纯真的童年紧紧联系在一起，成为永远无法抹去的文化记忆。看着小人书封面，我们轻易就进入了那个洋溢着欢声笑语的年代，那个让我们深深怀念的时代。

"大前门"烟盒，出现在《1988：一个我叫他大舅的人》的文前。这是一张由郑州卷烟厂出品的铺展开来的大前门香烟盒。"大前门"是一款奇迹般走过了一百多年历程的香烟。对于抽烟的人来说，它应该也是数代人的群体纪念。彼时的作者高中毕业，没有考上大学，到无锡投奔一个远房堂叔。走上社会，大约"吸烟"是一个人的成人礼，从此后，就将作为一个独立的社会个体。这极具时代标识的"大前门"，或许就是成长的隐秘见证，有对未知的向往和期待，自然也有惶恐和惊惧……

磁带的歌纸，出现在《1989：一个高调唱歌的人》结尾页。歌纸《童年的小摇车》倒"夹"在书中，是程琳独唱的。二十世纪八十年代，被誉为"小邓丽君"的程琳尚是歌坛新秀。二十多年后，她和台湾歌手苏芮共同演唱的《酒干倘卖无》，享誉大江南北，红遍海峡两岸。看到歌词纸，耳边仿佛就有一个极柔极柔的嗓子，婉转地将人世间最美的情感悠悠地唱了出来。

在《1990：一个想当诗人的人》的文末，"夹"有作者创作的诗歌《青鸟》手稿，手稿写在一张有横格子稍泛白的纸的两面。手稿纸不小心"折将"起来，遮住了正面的一部分诗歌，同时也露出了"背面"的一部分诗歌。少年的一切都是最真挚的文学。每个人都曾是个写诗的少年，每个少年都是一首诗……

《一个卷进了碎尸案的人》一文，讲述的是一九九六年南京发生的一起碎尸案，凶手至今也未缉拿归案。在文前的书页上，满是红色"血迹"漫漶的洇渍，让人不寒而栗。

《1998：一个终于没能发表文章的人》一文的第一页最下方，页码的右边，有用蓝色细钢笔"写"下的BP机号码和办公室电话号码。BP机就是我们通常说的寻呼机。二十世纪八十年代末，在我国开始出现，之后遍地开花。大约一九九三年"大哥大"出现后，开始式微，二〇〇〇年以后，寻呼机渐渐淡出了历史的舞台。时代的发展，一个一个来，一个一个走，我们的一生也就是由这些一个一个来去的事物构成。

此外，书中还有"中华人民共和国边境管理区通行证"，有"电影院入场券"，有参观西宁塔尔寺、南京古鸡鸣寺的"门票"，有旅业房租专用"发票"，是一九九四年二月二日在广州住招待所开的，一晚二十四元。所有这些，都是一个时代活的标本，每一个物件都暗藏玄机，他们组成了几代人缅怀青春的媒介和载体。

这是一段鲜活的个人成长历史。书中记叙的一个一个的普通人，都自觉不自觉经历了超凡成长经历，与时代同频共振，与梦想逐浪前行，抒写了"最具个人特色的纪传体断代史"。

《一个一个找肉的人》是本书的第一篇文章，记叙的是发生在二十世纪七十年代末的一件事。一九七九年，作者上小学三年级，痴迷收集火花（火柴盒上贴的图案）。一次放学后，"我"迫不及待跑到大网叔家，一头钻进厨房，在灶台上下到处摸索。因大网叔不知从哪里买了一打罕见的火柴，图案是一个古代美女。大家都虎视眈眈地守着，等火柴用光，立即抢走。"我"摸了半天，只有一只刚用了半盒的火柴，不好拿，满心失望，空手而归。那天正巧是大网叔的生日，一家人一年不曾尝过肉星子。大网婶于是叫大网叔去称了点儿肉，就放在釜冠（锅盖）上。不承想，大网婶去园田里摘了两根菜，家来，肉没了。因为"我"去过大网叔家"守"火花。因此，大网婶怀疑是"我"拿了肉，哭哭啼啼找上了家门。父亲二话没说，给"我"劈头就是一巴掌，还要一顿好打，被奶奶拦住了。后来，真相大白，是猫把肉叼到了猪棚。

这是一个少年被冤枉的故事。在物资奇缺的年代，这样的事情，差不多发生在每一个孩子身上。所以，当读到文章最后一句话"我在被子里，默默流着泪"时，内心深处被隐藏了很久很久的伤痕，立刻被泪水唤醒。朱赢椿感受到了这种来自童年的纯真情感给予我们的震颤，在文章正文排版结束后的那页右下角，用蓝色钢笔"手写"了一行字："想吃这块肉才怪呢"。字迹模糊，想是被泪水打湿。这一处小小的设计如神来之笔，勾画出了所有孩童身上都可看到的相同的心灵结构，"含不尽之意，见于言外"。

一九八一年，作者上小学五年级。父亲撕光了"我"所有的小人书。在《一个撕光小人书的人》一文里，"夹"了一张黑白的小人书碎片。那应该就是文中讲到的父亲毒打"我"（"我"刚进家门，就被父亲一把揪住头发，在门上乱撞）后的杰作："他把所有的小人书倒在地上，拿起一本，撕掉，再拿起一本，撕掉。"起因是同学借"我"花尽心思收集的小人书，多次催讨不还，"我"一气之下和同学打了架，被同学父亲打且到家里告状。看着这块小人书碎片，我相信，每个人的心都会被撕碎。当然，这也可能是二十世纪八十年代农村孩子特别是男孩子的成长历程。他们总是被一些神秘的力量戕害。这股力量，有时来自父辈，有时来自社会的集体无意识，它在我们的内在世界进行着，而且我们无法掌控。

一九八五年，作者初中毕业。有一张作者的黑白单身照"夹"在《一个爱上鞋匠的人》的文末。照片上作者背着双手，站在一洼水前，水上有飞角凉亭，亭子与岸边有曲折廊桥相连。人很帅气，看久了有一股忧郁感弥漫开来。

一九九四年，作者考进南大作家班，在《一个有气质的人》一文中，附有一张作者的彩色单身照，穿一件灰白黑相间的格子衬衫，也是站在一汪水前，水上有一座石拱桥。格纹衬衫在二十世纪八九十年代的中国，是经典、优雅和时髦的代名词，也是街头潮流的一部分。此时的作者阳光、开朗，是一个有"气质"的人。

一九九六年，作者南大作家班毕业后，人生开启了新的旅程。在《一个故意被捕的人》文前，有一张南京大学中文系九四级作家班毕业合影，应该是忠实记录了那个内心潮湿的瞬间。

这是一部隐秘的日常生活图景。展开薄薄双翼的苍蝇、岔开细长腿的蚊子、长满细长腿叫不出名字的虫子、女孩的头发、桑叶……朱赢椿以踏雪无痕的高超技巧，将这些寻常生活的细微之物巧妙地融入书本之中，呈现出日常生活的琐碎和难以查明的隐秘与不安。

有一颗"瓜子""遗失"在一九八二年《一个找寻逃跑老婆的人》的文前，"瓜子"细长、饱满，就是我们经常嗑的葵花子。嗑瓜子在中国老百姓的日常生活中，大约具有一种独特的文化意味。天南地北、邻里短长、市井传闻，没有什么事情是瓜子不"嗑"的。吴越地区有一首《岁时歌》广为流传："正月嗑瓜子，二月放鹞子，三月种地下秧子，四月上坟烧锭子……"正月嗑瓜子，讲的似乎就是这种情形。文中讲了"我"的幼时伙伴碗小的老婆跟来村里唱戏的戏班子跑了，碗小去找，大半年没有音信，只留下老太婆（碗小母亲）独自一人带着他尚小的儿子生活的事情。在文章结束的那一页，画了一幅"妈妈bābā快回来"的儿童画。联想到文中内容，不由得不让人为之动容和伤心。这幅稚嫩的儿童画，也因此具有了强烈的艺术感染力。

一九九七年，在《一个变成了绅士的人》一文中，还"夹"有一张淡紫色的点菜单，日期是六月一日，桌号三号，细长的点菜单下部向上"折"起，遮住了一些字，可以看见"酸菜鱼""西红柿""鱼香"等菜名，酸菜鱼四十元、西红柿估计是炒蛋八元，鱼香估计是肉丝十五元……这张菜单应该就是文中写到的，"我"在解放路上一家叫"海林"的路边小店吃饭时，服务员写的菜单。每一道家常菜，都有其背后的意义，就看我们能否敏锐捕捉到，深刻体悟到。

二〇〇四年，在《一个捡了张百万支票的人》一文中，设计师在其中一页右上角空白处，留下了用蓝色细钢笔记下的便签账："买书《海子诗集》20元，请客200元（左右），老家来人

500元。""老家来人500元",写完后又划掉,划线拖着长长的尾巴。那种喜悦,劫后余生,世界和人性的复杂就生长在这些文字的缝隙之中。

同时,书中在一些文字的下面,"划"了一些横线,有时是用红颜色的彩笔,有时是用绿颜色的彩笔,有时是用蓝颜色的钢笔……还有千纸鹤,还有一张倒着的心电图的部分,有申杭之小朋友画的儿童画《祝爸爸快乐,天天快乐!》,画了一只在水里游动的鱼。申杭之应该是作者申赋渔的女儿。

整本书,就像我们在学生时代,咬紧牙关积蓄了一些钱,心一横给自己买的一个豪华的笔记本。这个笔记本百分百带着一把小锁。那时的我们总是天真地认为,这把小锁能锁住我们对当下及未来的犹疑、焦虑和冲撞。我们偷偷夹在笔记本中的那些珍贵的个人物品,那些记录下来的年轻的文字,支撑起了我们的成长,是我们美好期待的见证者,也是参与者。

三、尊严:惊为天人的鬼才设计

书有书的尊严。朱赢椿认为:"纸书承载的理由在于气息,书店存在的理由,就在纸书。"事实上,一本书就如一个人,从遇见到了解到喜欢,你会慢慢被它吸引,然后相互靠近,彼此渗透。一本气息很对的书,是一定会与那些最渴望的眼神、最热忱的心灵相遇的。

书与读者如此，作者与设计师也是如此。

《一个一个人》是作者申赋渔与书籍设计师朱赢椿的第三度合作。事实上，朱赢椿几乎设计了申赋渔全部的作品。二人首度合作的新闻故事集《不哭》，据说是一本能听见纸张呼吸之声的书，早已一书难求。

申赋渔在书中把目光聚焦在安徽私人孤儿院的一些智力障碍儿童身上。这些一出生就面对生存困境的孩子们，有着各自异乎寻常的人生轨迹，但是任何力量都无法阻止生命自身所散发出来的温暖、热忱、蓬勃的光芒。当初没有一家出版社愿意出版这本书。申赋渔花了五年时间，才最终找到出版社愿意出版。为了把成本降到最低，朱赢椿选择了用废纸印刷，广告传单纸、粗糙的牛皮纸、糊鞋盒子的纸，每一个故事选择不同的纸张，也暗示着不同的人迥异的命运。这本用九种纸拼凑起来的书讲了十八个孩子的故事，感动了无数人。我手头没有这本书，在网上，我搜到了《不哭》的书影。书脊是一层薄薄的纱布，纱布上贴着一条毛边的牛皮纸，上面是书名、作者和出版社。纱布稀疏，从书脊延伸到封面和封底。封面是暗沉的灰白色，粗糙、感伤，仿佛有悲声呜咽。

二〇一五年申赋渔的散文集《匠人》出版，书中讲述了苏北一个小村落申村里十五位匠人的故事：瓦匠、篾匠、豆腐匠、扎灯匠、木匠、剃头匠、修锅匠……申赋渔用一个个乡村匠人渐行渐远的背影，描摹出了"一幅失落的乡土中国缩影"，"是一条流淌着近六百年往事的时光之河"。

设计师朱赢椿把书设计成了一块黑黑的"火砖"。护封除了书名外，内外皆墨黑。书名"匠人"两字，木刻雕版印刷，是根本不会木雕的朱赢椿亲手雕的。两个字营造出了匠人的手艺过程，雕刻形成的杂乱纹路与字纠缠在一起，倘不仔细辨认，很难认出。去掉护封，书脊是裸露的，三条边都是毛边，每一页纸的边缘呈现锯齿状，而且书的六个面都刷上了黑墨。不仅如此，朱赢椿还在每则故事的开头设计了插页。插页上匠人的职业名称是用与之相关的材料写成的，如"篾匠"两个字是用竹片写的，"剃头匠"三个字是用剃头刀片刮出来的，"修锅匠"则涂上了锅底灰。

整本书自有一份沉重、悲凉和粗粝。"和这本书的内容相契合了，书里写的也都是粗粝而卑微的生命。"朱赢椿说，"粗粝，却又不得不去承受。"

把自己藏起来，是朱赢椿设计别人的书时的审美态度和价值取向。他认为，"好的设计应该是克制的、匹配内容的，而不是过多强调设计师的个人风格，不然反而会对文学造成伤害。"

在设计自己的书时，朱赢椿取法自然，奇异创新，不断拓展着书籍设计的审美边界，是业内公认的"鬼才设计师"。

朱赢椿将大自然视为他唯一的灵感来源。

二〇一四年三月二十九日，朱赢椿在广州的方所书店，做了一场叫"一本书的气息"的讲座。

在这场讲座里，朱赢椿介绍了自己在南京师范大学校园里用来做书籍设计的随园书坊工作室。一片废弃的房屋，一座古朴的宅院，聚集了一切自然的生灵，蝉沸虫鸣，鸡叫鸟啼，草长叶落，由此脱胎的与书籍相关的一切思绪，诞生了一大批惊世骇俗的精妙图书……当然，还有思想、理念、审美以及一切与艺术勾连的矢志不渝的追求。

我知道这场讲座的时候，八年多已经过去了，但这并不妨碍我对那场讲座的欢喜甚至痴迷。

朱赢椿最具代表性的作品，莫过于"虫言虫语"系列图书。他"胸中翻锦绣，笔下走龙蛇"，用鸾翔凤翥的构思设计和凝神定睛的至简方法，把万千虫子之瑰异，化成流动的诗，至纯的美。

通过对小昆虫的长期观察，二〇一四年，朱赢椿首部图文作品《虫子旁》横空出世。"这是一部充满着博物学情怀和田野观察情趣的著作。"他用文字和摄影，来探知微观世界里虫子的传奇生活。正如著名作家刘亮程所说："任何一株草的死亡都是人的死亡。任何一棵树的夭折都是人的夭折。任何一粒虫的鸣叫也是人的鸣叫。"这些虫子活得和我们一样，险象环生、心惊肉跳：被落下的枯树枝砸断腰的蚂蚁，欲在夏日午后美美睡个午觉却始终不能如愿的烟管蜗牛，被卡在路缝里的千足虫……它们努力认真、不屈不挠地生活，因此生生不息，永无止境。在书里，朱赢椿问："当我趴在地上看虫的时候，在我的头顶上，是否还有另一个更高级的生命，就像我看虫一样，在悲悯地看着我？"朱赢椿写的是虫子，实际上是在省察自己，省察混杂在生活中的每一个自己。

二〇一五年，继《虫子旁》之后，朱赢椿又一经典之作《虫子书》耀世登场。全书的主角依然是虫子，但不是一部有关虫子的书，而是虫子们自己创作的奇妙作品。这本书是朱赢椿"开半亩田，种五年菜，引百种虫，集数千字"而"成一本书"。朱赢椿说：我只是一个发现者、整理者。《虫子书》的惊奇在于，全书除了版权页，没有一个属于人类的文字，连页码都是用黑白圆点标记。这些弯弯曲曲、变幻万端的"符号"，就像史前文明一样，无法识别、无法理解。你甚至会生出这是一种人类文明之外另一种文明的疑惑。

事实上，书中的那些符号，是很多虫子啃咬或爬行留下的痕迹。朱赢椿收集整理出上万个"虫子的字符"，编排而成。这些虫子身体留下的"墨宝"，连他自己都看不懂，所以他在书封上说："本书是虫子们的集体创作，无一汉字，购买需谨慎。"

《虫子书》传达出了自然界神秘的美学逻辑。这本由大自然杰出"艺术家""美学家"——虫子们写就的天书，以可意会不可言传的美妙，悄然改变了我们观察世界的角度。

四年后的二〇一九年，朱赢椿推出了《虫子本》。朱赢椿申明："这本不是书，如果你愿意和虫子一起爬格子，就可能变成一本专属于你的书。"《虫子本》确实不是一本真正意义上的书，是一本完全可以当作笔记本使用的"书"。全书只在书本的最后两页有寥寥数字，其他的页码里，只有一根一根的横格子线条。

这些横格子线条是由蜘蛛、草蛉幼虫、一寸虫、蝴蝶、蜜蜂、萤火虫、西瓜虫、毛毛虫、鼻涕虫、瓢虫、螳螂、卷叶象、屎壳郎等十三种虫子和朱赢椿"创作"出来的。这些可爱的小精灵轮番上场，与线条产生了许多奇趣盎然的故事。每一个故事里，都围绕这个故事中虫子的特性展开，故事与故事之间，虫子与虫子之间，草蛇灰线，伏脉千里。

这可能真的是一本前无古人的至趣之书。它的阅读方式是多元的、立体的，也是开放的、空灵的。四季轮回，日月交替。我们每个人，大约也是一粒虫子。

二〇二〇年，朱赢椿又出版了《虫子诗》。他说："虫子是这世上最随性的艺术家。"书中收录了十二只虫子爬行、啃咬的痕迹，经朱赢椿拓印、组合后，排列成三十首诗。书的作者是：虫+朱赢椿。虫在前，朱赢椿在后。

在南京，朱赢椿和先锋书店共同创办了虫子书店，这是全世界首家以虫子为主题的书店。"我只想做一个纯粹的主题的空间，在这个空间里，如果能够让年轻的朋友们，哪怕不读书，能够坐一坐，第一步就已经很不错了。如果在坐着的过程中，还能去拿起书架上的书去读一读，看一看，能够跟文学走近一点，能够把阅读当成他自己的生活中必不可少的一个内容。那么，这是一件非常有意义的事情。"

这就是朱赢椿，一位周身散发着挥之不去的艺术气息的人。他说："纸书永远不会消亡，它会成为艺术的一部分。"确实，朱赢椿总能通过设计，将书籍之美、文字之美、阅读之美、想象之美出神入化地融合在一起，从而构成了一本书的内在肌理和尊严。

朱赢椿的出现，为纸书的未来提供了无限可能性。

2022年10月26日完稿于苏州

附　篇

我的老师张斌川

沈丹萍

我曾经写过一句话：遇见张斌川，是一种幸运。

直到现在，我依旧这么认为。

张斌川，本名张斌，是我高中分班后的语文老师，是我遇到的唯一男性语文老师。之所以强调男性，自然是物以稀为贵，不过他却是我遇到过的最特别的那一个。

他戴着一副看起来有酒瓶底那么厚的眼镜，当然也可能是我用记忆帮他加深了度数，不过这样一来更有学究气了，故而他一定不能介意。他的个子不高，这是大实话，经过了这么些年，也从原来瘦瘦的模样，步入了微胖界人士的圈子，唉，不帅。看看他散文集里的鼠绘自画像，你就知道了，是真不帅。

但就是这么个人，有着谜一样的气质，姑且称之为才气罢。大抵是这种无形的气场在作祟，作为语文课代表，我对他不要太服气，除了我稳定在基础分的作文。

我仔细想了想，他作为老师的形象分，是在某一天忽然飙高的。那会儿他任学校自办文学刊物《江枫文学》的主编，四处向他的学生搜刮投稿。被他叨叨得怕了，我忐忑地硬着头皮塞了篇文章给他，虚心求指教，毕竟我一直是老师们眼里的"好学生"，总得捧个场。

很快我就收到了邮件回复，投稿已采用。后来，我就被叫去办公室领样刊，并且收获了我人生中的第一笔稿费。我这才意识到，原来写文章是可以赚钱的嘛！在我离开办公室前，他对我说，文章写得不错。这是第一次有人和我说这样的话。

再后来，写东西是会上瘾的嘛。跟他的交集越来越多，以至于他有事没事就对着我叹气：我看你平时写得蛮好的嘛，怎么考试作文就是上不去呢？你倒是想想办法撒！

机智的我当然是溜之大吉。

当你对一个人感兴趣的时候，就会对他描绘的一切，对他所感受到的世界有了一种好奇和探究。

作为一个扎根于城乡接合部成长起来的人，我知道老房子旁边布下的菜地果园和烟火气熏人的柴火灶头。我嘬过一串红的花蜜，吃过割人藤的亏，捉过运河里的蝌蚪，钓过泥塘的小龙虾，大概就差个掀房顶了。我成功脱离了城里人的精致，也充分掌握了糙汉子的精髓。但我还是不知道，真正的村庄到底是什么模样。

我记得他描述自己学生时代的种种时，眼里闪着光，嘴角勾着笑，兴起时手舞足蹈，神采奕奕。我记得他一次又一次地提起刘亮程和他的村庄，也在那里看到了他和他自己的村庄。我也记得他说帕斯卡尔，说黑格尔，说海德格尔，说海子……学哲学的人（如果我记错了，那就忘了它吧）总爱把生活中细微的小事上升到某一个高度，那是他的境界。

他与我高二的数学老师"菜农"先生是好朋友，"菜农"在介绍自己的时候说，你们可以叫我"荣哥"，这样亲近一点（结果因为名字发音类似"菜农"而得了这样一个昵称）。他也依葫芦画瓢说，你们可以叫我"斌哥"。

有多少人这么喊他我不知道，我跟同学提到他的时候，经常"斌川""斌川"地说，就好像后来我写微博说李西闽，很少喊李老师，而是直接叫"西闽"，或者称一句"先生"。仿佛这样就能拉近与对方之间的距离，正如相交已久的朋友，没有年龄的代沟，也没有地域的限制，亲近又自然。

他曾经在课堂里点名，说我写东西，最大的特点就是能将抽象的东西具象化。那时他举的例子，是我写母亲，说"母亲的形象在我眼前忽然间高大起来"。这篇作文的手稿我到现在还好好收着，一贯得分不高，但那是我印象中的母亲，我舍不得让它成为废纸。

我曾经对中学必读书目嗤之以鼻，是他让我感受到了文字的张力，我开始意识到，躺在黄金屋是一件多么舒坦的事。我开始读书了，也有了购书癖。

看看他现在的头衔——苏州高新区作家协会主席，江苏省作家协会会员……他从未在原地踏步。

我总能记得他表扬我的那些话，这一直都是促使我不断成长的动力，让我想要变得更加优秀。

当他站得更高的时候，我可以一样自豪地说，就是这个人，我是他的学生呢。

也许正巧是他问起我，之前托他寄到北京的诗集是否已经收到，让我在本该已然会晤周公的夜晚诗兴大发，顶着熬夜爆发的痘痘和越发深邃的黑眼圈，精神抖擞地抖落出这一堆文字。

感谢每一个花时间听我唠嗑到这里的朋友。我还是要说，遇见张斌川，是一种幸运。

2017 年 12 月 19 日于苏州

（沈丹萍，自称一个平平无奇的打工人，闲暇时折腾一切可以让自己觉得快乐的事情）

我眼中的张斌川

金情怡

对于张斌老师，我是没有什么资格说话的，我与他不过两面之缘。但是，既然有些记者都能凭一面之见写印象，我又为什么不能依这仅有的两面来写我眼中的张斌老师呢？

第一次知道张斌老师是在我们文学社的社刊上——那里刊登了他的散文《剪江而渡》。这样的一篇文章，在我看来，是怎样神来的笔触！我震惊于它那样清灵的文风。于是，我开始幻想，这个江枫文学社的这样一个有才情的张斌川，究竟是怎样的一个情思万缕的才子。

与张斌老师头一回见面，应该是二〇〇七年十一月的一天，我去苏州高新区第二中学参加一个现场作文比赛，那时我就是在张老师的考场。

我当然并不知道，他就是那个张斌川。

竞赛进行到半途，我甚至还和他要草稿纸。张老师甚是为难，他台上台下翻了好一阵，才在讲台桌洞的最深处找到几张发黄的草稿纸。他把发黄的几张草稿纸偷了出来，一数只有四张了。"谁要的举手。"我就把手举得高高的，张老师给了我一张，我还嫌多，说给我半张就够了。张老师于是就很细心地把四张纸一一对半撕开。那时我只觉得，这个老师真好，人长得也帅，脾气又好，看样子还是个会写文章的。所以我的作文写好后就注意观察他，看到他在看我们学校的文学社刊《湖滨》，我就想，他大概是认识黄进风的。

再后来，张老师就来我们学校了，黄老师只说是有讲座，张斌川老师的，叫我们去听，我也不知张斌川何许人也，依稀记得他有一篇文章挺好的，好歹也是个人物，我就叫上同学一起去了。

到达报告厅，我抬眼看见坐在讲台上的张老师，只觉得眼熟，这人我哪里见过？讲座开始好一会了，我才反应过来——他就是那个很帅很好的老师！

啊，是不是缘分啊。我想，原来他就是张斌川。

那天因为跟某人吵架，心情原本不太好的，幸好在那之前就和好了。讲座一开始，我就开始惊叹了。

——这个人，究竟有怎样的才情！

我不是佩服他可以背诵《春江花月夜》和《葬花词》，也不是感叹他写了那么多精彩的无与伦比的句子，我惊诧于他对生命的独特的理解，感慨他对生活非比寻常的追求。

文学的山川、大海和蓝天，时间、生命、自然的写作维度，生命的互生……这样的一个人，他的思索已经是怎样的境界！他不过是那么年轻的一个普通教师！

不，他不是普通的，他明白的道理，有人活了一辈子或许也未必明白，他对于生活生命的态度，几乎是接近了隐——并非隐士，而是他的思想已经超凡不染纤尘——几近入了道了。

希望十年后，我能再遇到这样的一个有才情的人。

2008年3月于苏州

[金情怡，时为东渚中学初三（7）班学生]

论张斌川诗歌的故乡书写

宋桂友

一、乡愁"这一个"

苏州诗人张斌川的诗集《河流向西》（作家出版社二〇一七年十一月版），通过"开篇""透明的村庄""五岁的早晨""村庄里的事物""玉米熟了""最亲的人""河流向西""月光追了过来"等章节，继续他的故乡造像。说"继续"，是因为张斌川对于故乡的书写，从多年前他的散文集《一个村庄的眼睛》就开始了。其实，他是想建构自己的故乡世界。

当然，这样的建构是有许多作家成功的例子的。获得一九四九年度诺贝尔文学奖的美国作家威廉·福克纳在《喧哗与骚动》《我弥留之际》《押沙龙，押沙龙！》等一系列作品里营造了一个约克纳帕塔法（Yoknapatawpha）县，来承载史诗的努力和意识流里土地的情感。二〇一二年获得诺贝尔文学奖的莫言则在他的作品里建造了一个高密东北乡，来演绎深具生命力的乡村故事。与之不同的贾平凹把自己的故乡商州描述得五彩斑斓又古朴质实。苏州的苏童小时候记忆里的枫杨树村正好是他新历史主义文学的平台。永兴坪村是张斌川的故乡。他的散文是对故乡做了细腻描摹的，而他的诗歌书写他心灵图腾里的故乡与亲人，感受心灵深处最令人悸动的情感抵达。从山野出发，那走出去的坚毅脚步和蹒跚里的执着，乡村和非乡村，城市和彼岸，寻找朦胧抑或清晰的未来。从诗行里发现对自由和梦想的追寻足迹，体会优美的诗意和深邃的思绪。一卷诗，展示着丰厚诗学理论的浸润和对于中国新诗的独一种理解。他说"每个人心中都有一条河"，斌川的河在永兴坪村，叫孟家河。河流在村子里流过，粼粼清波美丽了永兴坪，涓涓细流滋润了永兴坪。张斌川从这里走出来，孟家河是他的母亲河。稍有让人生出遗憾的地方是这条河在倒湾里遁入了地下，"成了断头河"，也许应该和斌川商榷，应该更名地下河，这条河它是长在农村的，淳朴的，不事张扬的，它到地下蓄积力量去了，也许在某一天，某一个地方，她会破土而出，出脱成另一种美丽和蓬勃。马克思主义文艺理论的奠基人恩格斯在一八八五年《致敏·考茨基》信中，运用唯物辩证法思想，指出一个具有审美价值的文学形象，就应具备特殊性特征与普遍性特征的有机融合，个性与共性的辩证统一。它们既是"这一个"也是"每一个"。不管未来怎样，这是张斌川的河流，是"这一个"。

　　而这正和他推崇的作家刘亮程一脉相承。他毫不掩饰他的喜欢："我所有诗歌都是对刘亮程微不足道的引申。"他曾在《用他的文字缅怀整个大地的童年》一文中写到他对于刘亮程的理解："他用那些透明、干净、纯澈的文字，还原了生活的本相，他要呈现给我们的便是人最基本的生存状态，一种存在于天地之间的完全的精神状态。也就是说，他最终构建的是乡村精神。准确地说，他只是借用乡村场景来表达一个乡村的内质，并由此看到了整个世界。"写乡愁仅是手段，原来张斌川在试图构建他的乡村精神。

二、乡愁绵延

　　张斌川的故乡在古典、诗意和历史中呈现。"一小片熟悉的月光。青草的芬芳／晶莹透亮。绵延的蛙声，月色弥漫／一小湾盈盈的水凼……那些光滑润泽的想法／饮露的鸣虫，低徊的燕子，对月静坐／魂牵梦绕的少女，草木的诗歌／"，多么美好而深情的故乡照耀了"我"的童年，奠基了思想的成长。"瓦罐盛水，镬鼎煮汤／黛色的炊烟，一步步走进／天空的鹅黄"，"躺在季节成熟的方向上／看一场急促的秋风／千里奔袭　强取明月／只为荡平曾经失去的山河……野菊出现在古老的战场／捶衣的砧声／被涛声鱼语染黄"，乍看上去，故乡是优美的，但乡愁本身却是情感活动。自然，这里有审美的元素，南朝梁朝刘勰《文心雕龙·神思》中说"登山则情满于山，观海则意溢于海"，这是说在审美过程中情感的产生与对于兴趣、爱好的反作用。但仅仅注意此层面还不够。张斌川重要的是他的参与过程。这来源于劳动、比赛、玩耍中人的情感付出。所以，当笔下那些打水的少女抑或婆婆，因为劳作而美好，因为创造美的生活而受人敬佩，因为亲情与友情而让人感动。诗人对故乡有着无比的深情，在景美之外，人也是善良的，"也磨刀，但不伤害草木"，是"最亲的人"。

诗人对于故乡人的书写成为诗集《河流向西》思想的聚集地。在上面那首《月光追了过来》中，诗人在赞美、欣赏风景之外，立马把笔触转到"现在，那片月光照耀着 / 我年迈的父母。远方的牛圈"，这首诗有引领的作用，清晰地阐释出故乡的特征：一是书写者幼年生活的地方；二是书写者长辈生活的地方，长辈的意象既是根的象征，也是繁衍的隐喻，是传承和发展；三是诗人在大量的作品中叙写这一个根的盘根错节和亲情的层层累加。比如《无比辽阔的忧伤：纪念爷爷》《找奶奶：纪念奶奶之一》《记忆：纪念外婆》《父亲的编年史》《一些黄昏——给母亲》，后面则连续写了给女儿的一个系列：《用一滴水击中春天：给女儿之一》《欠你一个故乡：给女儿之二》《女儿的智慧：给女儿之三》，让乡愁绵延，走向未来的是中华文化传统。

三、异乡、返乡与原乡

离开家乡，家乡就成了故乡，新到的地方成了异乡。很多人把异乡写成"第二故乡"，我多次予以证伪。我曾在苏州的一家媒体工作，大约是二〇〇三年，我所在的这家媒体精英发明并率先在报上使用"新苏州人"这个称谓。顾名思义，新苏州人就是外地来苏州打工居住的人。由于媒体的推动，这个词后被社会广泛使用。说实在的，我对这个词非常不感冒，一是新词表明了"新""旧"人地位的不平等；二是命名者的高高在上；三是有将可能与本地人融为一体的外来人贴上标签再次或者永远分开的故意。这与建设和谐社会和尊严尊重都有相悖。既然如此，还是"异乡"准确，并且里面还有哲学内蕴。江南是诗人的异乡。美丽的江南以及其他"听来的故事"非故乡的书写正是诗人对于故乡的反观啊。《在一座叫枫桥的桥下》把"我"和张继放在了一起，从大唐到当下，分不清是历史还是现在，分不清是谁更落魄。在作者的思绪里，一向繁华的江南竟然是"满座微醺的酒客默然无声／一片暗红的枫叶　悄然飘零／／有船划过，荒野寂静"，这是张继，也是张继的老乡张斌川的枫桥遐思。这情怀并不是生活的真实，但是诗人的艺术真实，我叫它异乡情结。

而返乡是诗人故乡书写的重点，他专门在后记里把海德格尔的话"诗人的天职是返乡"作为小标题写一部分文字来表述建构文学故乡的诗人之职责，通过"返乡作为一个迷人的语词，是一场身体与心灵的双重奔袭，是一个时代里所有人都在隐约完成的共同经历"来专门强调；"小路上慢慢生长的野草／一半是摇曳的火焰／一半是回忆与喘息"，故乡已经不是原来的记忆，"喘息"里还透着沉重感。以及那些"不认识的夜晚"，都是社会急剧变革的结果，是诗人走出乡村走向大千世界回首观照的异禀。《以诗歌的名义返乡》中不是因为雪的融化，而是因为男男女女的外出而使"故乡一下子瘦了下去"，并且拿这句做结尾，也许是无奈，也许是诗人理性而深刻的社会思考。如果仅仅是因为人走向远方，家乡因人少而暂时"瘦"了，我想并不可怕，一到春节，她会立即胖起来。让人忧心的是远方的人心是否还在家乡？创业奉献的目的是否是在建设家乡？如果从社会现实的层面再提高一层，那么哲学意义上的故乡与人的出走会产生怎样的冲击和变异？

在全球化时代，地球都缩为了一个村落，故乡越来越小，可是飞机高铁下的人们却越来越回不了故乡。帕慕克在书写自己的故乡伊斯坦布尔时，他的乡愁充满着忧伤，而德国表现主义画家安塞姆·基弗每当摹写家园的时候却常常执着于对历史废墟的书写。在交通便利化的条件下，过去各不相同的故乡如今已是统一化、标本化、抽象化了。回去的是身体，回不去的是精神、思想和情感。

张斌川试图做的就是建造一个语言的故乡，在寻找精神的故乡的过程中完成符号化，在紧张的工作之余，在异乡，或者遵从朋友间思念着故乡时，激活普鲁斯特式的经验，让记忆瞬间复苏，让故乡和异乡，让诗和远方穿越而融合。

张斌川对于故乡原乡性的书写表达了两重内涵：

> 那时候，我看见许许多多个我
>
> 身披博大的星空，走出村庄
>
> 究竟是为了寻找，还是守候？
>
> 永远走不尽的路，比春天还渴

寻找与守候，是张斌川乡愁的两个主题。他要寻找什么呢？他又守候或曰守望什么呢？随着城市化进程加快，而那些代表乡愁的传统农耕文化符号正在逐渐消失。对于年轻的新生代来说，他们祖辈、父辈们所经历的这些点点滴滴凝练成的乡愁，已经愈益遥远。美国作家加兰曾在他的《破碎的偶像中》说过："日益尖锐起来的城市生活和乡村生活的对比，不久就要在乡土（地域）小说中反映出来了。""事实上／此刻，湖北西部武陵群山中／一个偏远的小山村，酷夏已深／春去夏至，雨多风疾，玉米几乎绝收／补种的青菜和萝卜，十多天过去了／仍旧没有冒芽。天气转晴／虫子可以论斤卖"，张斌川敏锐地注意到了现代化都市文明对农村的影响。在他的诗歌中，城市与乡村的发展矛盾、物质生活追求与乡愁的不协调而又不能融合的难题，就不可避免地成为诗人的思考。

四、超越故乡

从故乡写起，生发，升华，超越。"多少年了／我一直是这个村庄的旁观者。"其实，超越故乡，应该是超越乡愁，使自己的作品内涵由故乡情起，不局限局促于一地人民，而是放眼世界，以人类视野深刻诗人和作品，应是当下创作者应该具有的积极态度。《河流向西》一诗中那种不怕艰难险阻，和对于"故乡"勇于追求和抵达的激情与执着，也许正是用作书名的深意所在。

超越故乡的另一层内涵是用故乡做教材，对后代对读者进行教育，这是真正的乡土教育。吴杰博士在《台湾乡土教育历史与模式研究》一书中说："乡土教育是保持族群记忆、延续族群文化和维持种群繁衍的根本途径。""三岁半的女儿，有一次／给远在千里之外的爷爷奶奶打电话／劈空就问：'爷爷奶奶，你们日子过得怎么样啊？'／是开始，更是高潮，亦是结束／爷爷奶奶先是一愣，接着发出了爽朗的笑声／'孙宝儿，我们日子过得好着嘞！'／'嗯，好啊，好就好。'／仿佛完成了一件庄严而崇高的事业／没等爷爷奶奶再次回应／女儿就把电话递给我／满心欢喜地跑开了。"作为家长，也许特意安排，也许是让孩子更小的时候就叫她与爷爷奶奶——故乡的符号代表沟通着、联系着，电话只是纽带，连接和连通着去了远方进了城里的后代们，对于故乡的思念与精神之根（或称精神故乡）的生长与日益丰满。这种有意的教育在另一首诗里已经说明白了。题目是《欠你一个故乡——给女儿之二》，一个"欠"字，说明作者思想深处对于女儿（后代和城市人的符号指称）的塑造上就是有一块构成必须是"故乡"，所以这首诗的正文里，诗人写道："我不是一个铁石心肠的父亲/事实上，我欠你整整一个故乡/我无法给你一片农田、一座村庄/但我能给你一些农谚。"农谚是什么？是农村生活的概括与提炼，既是自己故乡生活的抽象，又是与后代分享故乡的具象，农谚里的内容是故乡，念在嘴上的农谚是心底对于故乡的想象，或者再现的企望。对于女儿，不能给予故乡，那就"给你一些诗歌/给你一小份江南的流水，以及/九百六十多万平方公里的祖国"。对于乡土的爱，自然就把对于故乡的爱，对于家园的爱，并升华成对于民族和祖国的爱，这就是爱国主义教育。而整个的第九章中《1860年以前的早晨》《圆明园的火》《美殇》《汶川地震》等都是对于中华民族的历史和中华文化的叙述与反思，那首《汨罗江的芳魂》恰恰是联结了过去与现在，同时也联结了诗人故乡与异乡，给未来做好了奠基。

原文刊载于《名作欣赏》2020年9月学术版

（宋桂友，苏州市职业大学吴文化传承与创新研究中心教授，主要从事中国现当代文学及文化研究）